黄梵 著

第十一诫

The Eleventh Commandment

江苏凤凰文艺出版社

图书在版编目（CIP）数据

第十一诫/黄梵著.—南京：江苏凤凰文艺出版社，2023.5
ISBN 978-7-5594-7538-1

Ⅰ.①第… Ⅱ.①黄… Ⅲ.①长篇小说－中国－当代 Ⅳ.①I247.5

中国国家版本馆CIP数据核字(2023)第025434号

第十一诫

黄梵 著

出 版 人	张在健
选题策划	于奎潮
责任编辑	王娱瑶
装帧设计	周伟伟
责任印制	刘巍
出版发行	江苏凤凰文艺出版社
	南京市中央路165号，邮编：210009
网　　址	http://www.jswenyi.com
印　　刷	苏州越洋印刷有限公司
开　　本	880毫米×1230毫米　1/32
印　　张	6.75
字　　数	150千字
版　　次	2023年5月第1版　2023年5月第1次印刷
书　　号	ISBN 978-7-5594-7538-1
定　　价	42.00元

(江苏凤凰文艺版图书凡印刷、装订错误，可向出版社调换，联系电话025-83280257)

1

姜夏紧跟在教授屁股后面。他的眼睛可能黯淡无光,无暇顾及这片销路不好的楼房。教授就差把他锁在旅店里,逼他烧饭、洗衣服,当一回女人了。姜夏知道,作为捏在教授手里的念珠,他不过是较光滑、不扎手的一颗。接连几天,他欠了睡眠,精神恍惚,说话做事不经意有了帝王般的从容,不躁不急。为了纠正教授的口误,他常常要停下来,回想教授刚才说过的话。教授姓齐,也许这个姓氏到他的上辈为止一直很落魄,他必须小心翼翼操着外省口音来谈论,态度不能像他老家那些气派十足的农民。据说齐姓和姜姓同出一辙,姜夏后来才找到过硬的书面记载。这两个姓氏都曾经在历史上大出过风头,过了上千年,终于有了类似经度与纬度的区别。

在落满沙尘的街道上，姜夏和教授大概体现着这两个姓氏的最大差别。教授连珠炮似的说话语速，让他嫌弃姜夏的笨嘴拙舌。教授大概娶了美艳的妻子后，才真正有了使命感。他是文明循环论者，相信他隐秘的身份可以追溯到上次文明，那时他已经来过地球，是上次文明中的强者，这些强者后来都投胎转世到这次文明。姜夏觉得教授故弄玄虚，相信这些拾人牙慧的玩意儿，不过是教授用来掩饰投机心理的一块遮羞布。不过，他卑微的助教职位，不容许他向教授挑衅，明明是误入歧途，他的脸上还要挂起赞赏的表情。

他打第三个呵欠时，引起了教授的注意。他转身叮嘱姜夏要挺住，挺到他办完下午的这件大事。姜夏只敢把鼻子对着教授的脊背怏怏不乐，他清楚教授给他的奖励，不过是答应让他睡上一觉。他的涂着一道红药水的手臂还发着炎，那是上午他在靶场绊倒时被碎石子擦伤的。现在，为了教授所说的见面的仪表，他不得不把挽起的袖筒放下来。他忍着袖筒摩擦患处的些许疼痛，指盼熬到教授这把年纪，成为一位空前绝后的大学者。

路上的行人都乜斜着眼，朝他俩打量。这座小城到处是冻得滑溜溜的斜坡，很少来南方人，他们的南方装束引起了路人的好奇。他暗暗念叨上午在靶场临时编就的保佑词。真的，不是开玩笑，他相信自己能逃过上午一劫，保佑词肯定功不可没。看见他俩在路上受人瞩目，他心里的怨气渐渐消散了。他像教授牵在身后的一只山羊，磕磕绊绊紧跟着，不知道究竟会被带到哪里。教授好像故意跟他玩游戏，在他认为是终点的地方，教授转身一拐，又向另一条街巷走去。姜夏知道教授嗒嗒嗒的小碎步的全部含义。急促、没有间歇的脚步声，意味着教授的精神状况已经滑到平均值以下，接下来他免不了会无缘无故地发火。教授对姜夏的慢手慢脚，开始表现出不满。刚穿过两个街区，教授就故意夸起研究小组里的马厉。那人的眼线极长，终日眯着眼，却擅长从剃须刀片一般薄的眼缝，察言观色。只要教授夸马厉，姜夏就有受伤的感觉，弄不清自己又在哪里犯错，惹恼了教授。

"快，快！可能来不及了。"

教授回头瞥他的脸上，流露出少见的惶恐神色。姜夏马上意识到，他们要去拜见的，一定是上边来的大人物。这几天，教授与姜夏一样，都弄上了大便不通的毛病，嗓子发涩，太阳穴胀得发疼。但教授被大人物的电话一召唤，就兴冲冲地忘了这个折磨人的烦恼。姜夏走在街上，打量着街边的玻璃橱窗，心里执拗地想要找到一种管用的药片。 他有点鄙视教授在大人物面前的谦卑相。 他时常为研究小组获得的各种奖状、锦旗感到好笑，也许小组成员应该把得到的一半酬金，转寄给那些原始文献的外国作者。 他想不通教授为什么不搭车，难道通过呼吸满是尘土的空气，通过教授一路领先的双人竞走，板结的屎块就肯服服帖帖地滑下吸水的肠道？ 仅仅几秒钟，教授就不见了。 姜夏紧追几步，发现他闪进了一幢不起眼的旧楼房。 顺着走廊，他们找到了楼梯口。 没想到在看似无人的地方，冒出一间门卫房，里面蹿出一位驼背老汉，拦住了他们的去路。

"喂，站住，你们找谁？"

姜夏嘴里刚想嘟噜什么，马上尴尬地发现自己什么也不知道。 教授埋怨地扫了他一眼，只好自己上前应付。

"老师傅，部里来了一位主任，要召见我们。"

"你们有介绍信吗？"

"没有，是主任临时通知我们的。"

"没有介绍信可不能进去！"

"我们知道他就住在三楼。"

"住在三楼的人多呢，你随便说说就放你进去，那还不乱套了？"

"老师傅，真的是要紧事，涉及国家机密。"

"那我更不能放你进去了，我看你在胡说八道。"

教授恼火了，他激动地摸出餐巾纸，擦着淌汗的额头，大声叫道：

"我没空跟你胡说八道！我是教授，告诉你吧，今天如果误了大事，你可担不起这个责任。"

门卫瞪大了眼睛，"别空说，拿来证据呀。"说实话，教授不擅长同普通人打交道。他摸遍了口袋找名片，偏偏上午他把名片散光了。他打开手提包，发现工作证也在旅店里。结果唯一证明他们身份的，是姜夏随身携带的助教工作证。

"这……这证明了小伙子，还是没有证明你呀。"

"我是他的老师。"

"吹牛，我看不像，你倒像他的乡下亲戚。"

"我没空跟你贫嘴，你快让我上去！"

"不行，得按规定来。小伙子可以上去，你得留在这里。"

"绝对不行，"教授一把将姜夏拉到身后，"那人是召见我的。"

门卫想了想,"当然喽,"他脸上含着意味深长的笑,看着教授的包说,"我可以做点让步,但你得押个东西在我手里。"教授发现门卫在觊觎他的包,更紧地把它攥在手里。

"包可不能给你,里面有机密,再说你也担待不起。"

"那你自己说押什么吧。"门卫打了一个呵欠,显出对这场较量有些厌倦的神色。

"把小伙子押在你这儿,怎么样?"

这个建议倒挺提神,出乎门卫的预料,他看货色似地看着姜夏,开始感到不自在了,"这么说,他……他真是你的老师?"姜夏点点头,他的面色因为缺少睡眠显得苍白,他竭力想收回已经飘远的思绪。门卫的虚荣心得到了极大满足,他让开身子,让教授上了楼。

平时门卫的工作极枯燥,遇到陌生人不分青红皂白往里闯时,他才能找到一点乐子,分享到拥有一点权力的满足感。一天的大部分时间里,他是自卑的,从招待所其他人的目光里,他感受不到人情味。别人对他的歧视,是用炫耀优裕生活的方式表露在脸上。他从整个城市生活中学到的,只是买卖关系。他开始醉心于这点权力可能带来的奇迹。睡不着时,他吃下两片安眠药,是为了第二天能精力充沛地拦住一位傲慢的主任或教授，使他能赏花灯一样，赏到市民千奇百怪的谦恭，和乡下人的诚惶诚恐。他发现这桩买卖公平，他买进受到的各种歧视，卖出他可以施于别人的各种刁难。

2

越野吉普车迎着风，在空旷的沙地上颠簸行驶，车篷里的五个人，不时被颠得东倒西歪。稀稀拉拉的几棵树，愈加衬托出靶场的荒凉。向前行驶了十来公里，车前出现了暖色的庄稼地，简易农舍，已经干枯的水渠。向导起初不吭声，吧嗒吧嗒抽着长杆旱烟，其他人不敢冒失地向他打听什么。后来，向导见到一栋墙面似乎能透光的红砖农舍，忍不住打开了话匣。

他端着旱烟，几乎蹲在座位上，吧嗒吧嗒抽烟的样子，像使唤一只铜喇叭号子。他埋怨这家户主那天过分大意。他啧啧赞叹这家媳妇实在漂亮，当地人甚至嫉妒地怀疑，她是户主花钱买来的。这位头发有点微黄的美妇，可能为了摆脱家里的赤贫，任人从西部拐卖到他的手里。户主和其他寻找土地的农民一样，来自人多地少的河南。消息不胫而走，靶场大量闲置的土地，引来了更多的河南人，他们在靶场里面搭农舍，用芦苇秆圈地。靶场当局搞过几次轰轰烈烈的驱赶行动，收效甚微。没几天，那些被赶跑的农民，又乘着夜色悄悄回来了。后来，靶场当局想通了，与其让农民在靶场内外东飘西荡，不如让他们定居下来，便于管理。每到打炮的日子，靶场像举行节日庆典一样，派出色彩鲜艳的宣传车，向沿线农户发布打炮的消息，敦促他们赶快离开靶场一会。许多农民是第一次领教炮弹落地的呼啸声，吓得纷纷往水沟里跳，像紧张的刺猬发出簌簌的哆嗦声。不过，他们很快习惯了这种声音，不把头顶上乱窜的炮弹当回事了。他们渐渐了解到，除非发生半途掉弹的事故，脑袋被砸的可能性，大概连万分之一都不到。

向导说的那家户主，也许穷怕了，铆足劲儿要种上最多的麦子。每次见到向导，他都会主动穿过庄稼地，殷勤地递上一支香烟。向导不喜欢户主的滑头，明明是普通牌子的香烟，偏要装在硬壳云烟盒里。为了见到那位出了名的女人，向导愿意一次次地装糊涂。那位女人通常在井台上忙碌，透过稀稀拉拉的庄稼秆末梢，他能看清她模样秀丽，长发垂到腰际，还有一个迷人的臀部，颈项和露出来的两只手臂格外白嫩，一点不像在农村长大的。

有一天，向导目睹了惨祸的细节。一发沙弹意外地半途掉弹，头朝下坠到这栋农舍的房顶。沙弹砸断了五六根瓦梁，最后穿床而过，把午睡中的那位美妇斩成两段。这类惨祸每隔几年会发生一次。在这个死气沉沉的靶场，向导毫发无损地度过了大半辈子，他为此感到格外幸运，如果运气好，他当然指望继续在劲风、庄稼和荒草的陪伴下，安度余生。受不了时，他就烧香。他说像他这样的向导，每十年就会砸死一位。三十年过去了，他安然无恙，说明拜佛烧香确实起了作用。许多年以来，这个行当一直流传一句自嘲的话：炮弹落到头上，不过碗口大个疤。

3

姜夏没想到事情会糟到这种地步，人站在炮弹出没的地方，还会有什么好的念头呢？可能这辆吉普车就是行刑的警车，他这么去死，与被处决又有什么两样？他仿佛看见自己中弹倒地，盼望出人头地的身体，最终被人慢慢地推入火葬场的炉膛。 他真想哭，眼里暗暗噙着泪，明白上了教授的当。 他知道那些技术蹩脚的同事们，这会儿一定高兴得要死，不管他们在炮位干什么，都不会战战兢兢地面临生死危境。 在炮位的掩体后面，同事们也许向外吐着唾沫，兴奋地谈着女人，甚至做爱的细节，同时心里巴望他，这个教授的跟屁虫，被一颗炮弹打中。 对恋爱中的身体快乐，他从没体验过，现在他有些为此心烦意乱。 当死亡在前方若隐若现，他还能保持从前的羞愧感吗？ 他为自己身体的晚熟，感到沮丧、遗憾。 在颠簸的车上，他已经不能理解，过去他为什么从不碰女人。 当死亡的利剑架到他的脖子上，除了恐惧和遗憾，他还感到了心烧火燎。 他觉得向导的那些死亡笑话，沉闷又无趣。 他的头抵着帆布车篷，想起了他熟悉的每位女人，不管年纪大的，或年纪轻的，他的身体都会莫名其妙地激动。 他注视着窗外荒凉的土丘，仿佛听到了死神沙哑的呼吸声。

突然，吉普车猛地一刹，姜夏被掀了个底朝天，来自厂方的两位小伙子，放肆地望着他哈哈大笑。 司机歉意地扭头对他说，前面有个弹坑。 向导独自跳下车了。 他边用长杆烟斗拍打着长裤上的灰土，边前前后后察看方位，末了他把头伸进车篷说，差不多到了，都下车吧!

脚一接触到松软的沙土，见到周围的遍地弹坑，年轻人个个不知所措。姜夏瞪大眼睛朝天上打量，平时善于思考的脑瓜子，这会儿不管用了。

"炮弹落地前，我们能不能看见它的轨迹？"

"小伙子，你要害怕就只管跟着咱，别烦什么轨迹了，那纸上的玩意儿，咱可没见过。"

跟姜夏说话像用指尖轻叩瓷瓶的声音不同，向导是个大嗓门，虽然粗鄙又无知，但还是引起了姜夏的敬意。向导终于找到一个满意的弹坑，跳了下去，然后仰头望着坑边的所有人。

"你们说说看，一发沙弹究竟能打出几个弹坑？"

"几个？"姜夏瞪大眼睛，当他发现向导神情坦然，不像戏弄他们，马上抢先答道，"不明摆着是一个弹坑吗?！"

"是吗？"向导咧开满是牙垢的嘴，得意地笑了。他弯下腰，扒开坑底的浮土，让他们瞧见与坑底相连的一条倾斜的通道。

"正常落弹，的确只有一个弹坑，但如果落角低了，炮弹扎进地里，又会从别的地方蹿上来，两个弹坑可以相距好几十米。所以,你们既要提防空中,还要留心脚下。"

"……照你的说法,这发沙弹应该打出三个弹坑才对呀?"姜夏忍不住反驳道。

"嗬,这回算你说对了!"向导马上伸出大拇指,高声夸奖起姜夏。他的脸上露出赏识的表情,目光暗含着英雄所见略同的意味。不论谁想到这个结果,向导都会心有所慰,认为这是人间的最高智慧了。

看完第二个弹坑,身穿卡其布工作服的向导绷起脸,他不觉得大家在荒地上挑三拣四的有什么用。他说每个人相距十米就行。这句话其实有个让人担心的潜台词:只要他们不蠢兮兮地挤成一团,他们最多只会损失一人。当然啦,如果他们信任他的经验,也可以心安理得地聚在他的周围。他神情自若,似乎暗示他与神灵有过三十年的创纪录的约定。

4

姜夏感到身体有了飘浮感,他恨不能马上回旅店睡一觉。整个上午他是在逃生的煎熬中度过的。教授把他塞进找弹组时,他以为那是一个肥缺。教授曾经站在靶场的山脚下，无数次地眺望被风吹出阵阵涟漪的无边的草场。他知道靶场哪里该待，哪里不该待。他似乎有意让姜夏重温他过去的精神生活，那种在死亡边上战战兢兢的精神磨难。

教授主持炮弹项目已有两年了，大部分参加研究的人脸皮奇厚，争先恐后扮演小丑角色。教授昼夜把心思放在公关上，这时候，他能放心依靠的行家只有姜夏一人。大部分人像来参加一场热闹非凡的婚礼，他们在旅店彻夜打牌，下楼吃饭都懒得穿上皮鞋，趿拉着旅店里的塑料拖鞋，吧哒吧哒地在饭厅走动。还有人专寻那些幽秘的小巷，用私房钱答谢按摩小姐的款待……

姜夏心里矛盾极了，他发现小组里有两种完全不同的氛围。一种吊儿郎当，无所用心，他帮教授干得越多，得到同事的嘲弄目光也越多。另一种，是对教授怀着宗教般的崇敬，他必须收敛起个性，以便得到教授的重用。教授懂得在适当的时候，奖赏那些敬畏他的人。姜夏发现即使再聪明，他也无法做到两边讨好。他跟在教授后面唯命是从，早已成了部分同事讽刺挖苦的对象。教授虽然尊崇文明循环论，但不认为自己与迷信有什么瓜葛，他相信世间一切都在科学掌握中，包括爱国这件事情。他相信爱国不只是别人想象中的义务，也是他靠天分可以获得的权力。他至今感谢在小学听到哥白尼轶事时的感受，那个故事后来把他带进了权力的殿堂，这是没天分的人无法做到的。对一场有中国队参加的足球赛，教授可以无动于衷，但他深信，他的爱国力量超过整个球场上的中国球迷。

教授在为自己酝酿一个非同寻常的神话：他能同时干许多事情，研究、酗酒、开会、出国、找乐子等等。当然，除了酗酒、找乐子等这类小失检点的事情，许多事情都有人帮他干。姜夏辨认出了自己的使命，他在用自己的吃苦耐劳和天赋，成全教授的神话。教授说，"你应该记住我的话。"姜夏就不敢忘记。姜夏投奔到他的门下时，虽然没举行什么仪式，但他心理上已经是教授的仆人了。教授从此无需亲自干纸上的活，他的脑子成天思考的，是历史、政治、文化的大是大非问题。姜夏从此有了趴在纸上埋头计算的隐居生活。偶尔，一张写满了希腊、英文字母，阿拉伯数字，少量汉字的纸头，会使他产生片刻幻觉。披着长袍的希腊贵妇，戴着摇铃的肚皮舞女郎，身着华服的英国女人，中国皇帝的后宫妃子，仿佛围在他的周围，为看不懂他写的本国字符表达的意思，感到惊恐，感到格外担忧。每次算出了结果，姜夏就等着教授祝贺，每次姜夏的希望都不会落空。教授非常体贴地认为，结果无足轻重，重要的是烦琐的计算过程不能省略，因为计算结果都在他的学术政治的掌握中。最后，在研究报告上署名时，犹如两人走路，姜夏的名字远远落在教授的后面，中间冷不丁塞进主任、所长等其他不相干的人名，大概这就是教授苦心孤诣的学术政治吧。

5

对姜夏来说，不公平的事多着呢，即便他咬牙切齿，也不敢在教授面前表露一下。昨天他累得浑身上火，嘴角、舌头都起了红疹，到凌晨三点他实在撑不住了，才倒在机房的单人沙发上，像一条蛇蜷曲着打盹。早上六点刚过，教授已来到机房找他。教授拿下架在鼻梁上的金丝边眼镜，脸上露出少见的笑容，他显得有点急迫，解开了衣服上边的两颗纽扣。他说，今天上午你用不着动脑筋了，该是你活动筋骨的时候了。姜夏不明其意，目光发愣地看着教授。他有三天没好好合眼睡觉了，刚才他打了个盹，梦见教授带他去了一趟希腊。在希腊国际飞行力学年会上，他比教授还风光……教授的嗓音马上变得庄重，强调他们正在四处抽调人员，组成一个派到弹着点附近的观察小组。他让姜夏相信，这是一位飞行力学家必须拥有的珍贵经历。也许教授这么说时，有点心虚，忍不住咽了下嘴里的口水。他的目光瞥着别处，既不抱怨这个靶场有多落后，测量弹着点的仪器都没配备，也不提醒参加这个小组可能会冒怎样的风险。教授挺直腰杆，用微妙的语气暗示他，这个差事可不是随便什么人都能得到的。

姜夏他抑制着几分激动，跟着发号施令的教授去了发射阵地。这场试验惊动了整个靶场，姜夏看到山脚下的炮位后面，停放着许多大大小小的车辆，穿着各式各样衣服的人，站在防爆的沙堆后面。姜夏向那堆试验沙弹挪近了几步，他阴沉着脸，似乎想辨清这次试验的兆头。在各种级别的人物中间，他只是一位小人物，只能从这个靶场的传闻中，得到从前那些试验的种种内幕。人们坚信，这个靶场是神灵垂青的福地，凡送到这个靶场试验的炮弹，多数会定型并投入生产。但七百公里外的另一个靶场，似乎有着相反的名声，送到那里试验的炮弹，最后能定型生产的寥寥无几。教授自诩与迷信势不两立，他一边大骂这些都是胡扯蛋，一边又拗不过厂方的求福心理。小组只得多跑七百公里，来到这个有成片耕田的好运靶场。

在灰暗天空的映衬下,姜夏与观察小组的其他成员会面了,这些人要么过分年轻,要么上了年纪。组长满脸疙疙瘩瘩,是一位干了三十年的老向导。他先向小组成员恭敬地鞠了一躬,然后交代说,我们的任务说形象点,就是在弹着点附近撒腿奔跑。姜夏左顾右盼,心里有说不出的一种感觉。老向导的那张脸像涂满泥浆,散发着岁月艰辛沧桑的气息,这个印象让姜夏变得局促不安。他勉强迈开双腿,爬上了满是尘土的越野吉普车……

6

临近打炮时分,藏匿在几位年轻人心底的恐惧彻底苏醒了。他们慌得失了主见,抓耳挠腮,学着彼此的失措模样。当一阵由弱转强的轰鸣声从天际传来,恐惧把他们压得差点窒息过去。慌乱中他们本能地跑到向导身边。向导说完该说的话,趴在土坎上早已睡着了。这时,他对天空的声音没有反应,说到底,危险已经不让他厌恶或警觉了。姜夏惊惧地听见轰鸣声变成了落地前的呼啸声,他想叫醒向导,又耻于说出口，当着众人的面，他和别人一样，都假装是一条好汉。炮弹落地前的声音格外捉弄人，单凭声音，每个人都以为炮弹正朝自己飞来，撞地的一刹那，人人本能地把脑袋闪向一边，以躲过呼啸而来的沙弹。

　　第一发弹溅起的尘柱离向导不到十米，"嘭"的一声闷响，向导像被触动的鼠夹，猛地弹起。周围的人用最快的速度赶到锅口大的新弹坑旁边。向导坐在土坎上，用手扑打着落在身上的沙土，彻底醒了。他马后炮似的向年轻人大声嚷嚷："落角正好，不会跳弹的！"然后蜷起双腿，享受般点上了他的长杆旱烟。他也许不喜欢闻新弹坑的硫黄气味，把手抠进地里，抓起一把沙土搓捏起来，同时耐心地等着年轻人朝他转过身来。弹坑在年轻人的脚下冒着袅袅热气，他们守丧般一言不发，眼珠子转来转去，相互别扭地打量着。向导吸了一大口烟，舒服多了，他脸上的镇定表情今后不知还要重现多少次，不过在沙弹落到脚边这个事实面前，他的镇定又显得多么缺乏说服力啊。年轻人实在心凉半截，很快醒悟过来：他们是在等死，沙弹几乎落到了他们的脑壳上！这枚沙弹飞了几十公里，仅仅偏了十米，可以认为它已经命中这些肉靶了。

姜夏涨红着脸，率先跑开了。他不想再和向导搅和到一块，那些预备好的赞词和谢恩的想法，他早已抛到脑后了。什么奇人啦，经验啦，已经安慰不了他。他只想跑得离向导远些，翻过一两道沙堤，再远些，跑出向导代表的死亡地带。他听见耳边有了呼呼的风声。他脚蹬旅游鞋，脚踝粗大，那里有小时候踢球留下的旧伤。奔跑中，他猛一趔趄，地上一块角形石头让他的右踝又疼起来。他勉强跑了几步，双脚停了下来。他脑海里出现了不太恭敬的念头：骗子，骗子！江湖骗子！向导假扮是窥见了生死秘密的奇人，没想到他全凭一点可怜的运气。他，姜夏，没日没夜地苦干，就是为了来享受这份不知谁导演的煎熬？的确，煎熬中，连平时那寡而无味的校园空气，也变得清香醉人、令人神往了。

其他几位，稍后也反应过来。他们追着姜夏跑过来。跑了一百多米，他们停下来喘气，姜夏则蹲在地上直摇头。他们马上围住他，姜夏记得大家当时敬仰地望着天，乖乖的，都不敢有亵渎神明的任何不敬的表示。他们小心翼翼展开了讨论。向导站到一个土丘上，向他们拼命招手，但没人理睬他。有人认为，为了躲避第二发沙弹，必须远离第一个弹坑，眼下一百多米显然不够。有人喘着气，脸色发白地予以反驳，他认为最安全的还是第一个弹坑，有谁见过一个弹坑相继打进两发炮弹的？不过，替姜夏帮腔的人，说出了谁也无法证实的传闻。他说在整个朝鲜战场，尽是稀奇古怪的巧合，别说一个弹坑落进两发炮弹，就是三发四发也不稀罕。姜夏脑子里尽是幻觉，他仿佛看见了人人心中可怕的预感。他勉强给自己打气，不想被别人左右了，谁的话也不信，他感觉是命运把自己带到了这个令人困惑的位置。

第二发沙弹打破了荒地上的死寂，带着故意嘲弄他们的声音落下来。他们偏闪脑袋的动作，整齐划一，像给空气上漆一样不着边际。落地前，人人都在发抖，觉得脖子凉飕飕的，像伸到了冰凉的铡刀底下。姜夏心跳过速，有点头晕，见到几十米外扬起高高的尘柱，终于放心地把眼睛闭上。说也奇怪，这一次，弹坑离向导比离他们要远得多。看来刚才煞有介事的奔跑极其荒谬。面对沙弹的恶作剧，他们的神经开始有点紊乱了，相互间产生了严重的不信任。他们似乎宁愿迷信，沙弹是代表神灵奖善惩恶的。害怕，又使他们本能地聚到一起。整个上午，从几十公里外的洋溢着节日气氛的炮位，向他们发射了十几发沙弹。从溅起尘柱的那一刻起，他们毫不愧疚地放弃了自己的职责，谁也没心思屁颠颠地跟着向导去记录弹坑。沙弹总是预先堵住他们的退路，让他们惶惶不安，又不伤毫发，这种行径实在下流。他们凭灵感胡乱跑动，慢慢觉察到了向导消瘦、体弱的原因。通过经年累月的不安的折磨，对生死困境绞尽脑汁的思考，一个人的灵魂会变得重大又复杂，相应地，他的肉体会变得渺小又单薄。

7

齐教授嗒嗒嗒轻叩姜夏的房门时，姜夏正发愣地望着窗外，像沉浸在一个避邪仪式中，身上因紧张渗出的汗，已经风干成皮肤上的少许盐沙。上午的那场经历，几乎蒸发掉了他身上所有愚蠢的问题。真是奇怪，一桩近乎灾难的差事，使他发现了日常生活的无边无际的诗意。活着多好啊，还需要寻找更幸福的理由吗？在道德面前，他可能会伸出指头嘘上一声，小声嘀咕，我累了，真的太累了，已经懒得把羞愧从身体里面抖落出来。他听见教授郑重其事地哼了一声，知道教授又有重要的谈话要发表。顺便提一下，教授也感到自己做得有些不妥，他表达愧疚的方式，让人觉得像他讲课一样心安理得。

"你根本想不到，我当助教那会儿吃的是什么苦。你今天经历的事，我已经经历无数次了。你真是赶上了好时候，靶场明年就要装探测设备，以后这种事你想经历也没有了。"

他把糟糕的事说得像月下兜风一样惬意。姜夏心里只有一个念头，午饭时他要喝酒，哪怕就喝一点，他要喝那种能让脸皮绷得发亮的烈酒。装菜的碟子是塑料的，想摔也摔不碎，也许这种酒店里老有酒客喝醉了打架，老板不得不提防。当姜夏微醉地站起身来，嘿嘿嘿露出傻乎乎的笑容，教授感到不自在了。他把姜夏拉到水池边，用冷水泼了他的脸。直到姜夏走出大门，对着路边水沟清弄嗓子，教授才松手。接下来，两人走起路来有些踉踉跄跄。教授说的话可真够他受的。教授不觉得他突然贪酒，与上午的事有什么关系。教授知情识趣还不到两个小时，又恢复了不近人情的常态。他当然不希望姜夏变得不可思议，或难以理喻。这种怪人脾性说到底最后是会得到一些美誉的，这恰恰是教授自己梦寐以求的。作为助教，姜夏理应懂规矩，识相些。教授赞美自己的老师，用的就是不可思议、难以比肩啦这种大词。他想让姜夏搞清楚,这些大词可是大人物的专利,为享有这样的专利,他整整奋斗了三十年。他的样子经过三十年的变迁,显得既傲慢又滑稽。他的眼珠浑浊,头发稀疏,手已握不紧拳头,明显衰老了。当然,站在姜夏面前,他没忘把腰杆挺得像姜夏的父亲。

8

姜夏安静地待在楼下的门卫房里,他不想绞尽脑汁与人说闲话。他仿佛听见整幢楼里有十来个人在马桶上勤奋地劳作,隐隐约约的水声像几小节绝妙的夜曲,随之难言的气味便轻曼地掠过整个楼层。被上午弄得差点崩溃的他,这时充满柔情。再过一个月,他就满二十一岁了。他用指背揉着眼角,想起了那位向他献殷勤的姑娘,也许只有她还记得他的生日。她叫汤苓,说话非常响亮,可能是这个缘故,他始终不愿把两人的关系弄到说悄悄话的地步。不论做什么事,她的样子都很坦然,让姜夏不敢往见不得人的地方想。她个子娇小,几乎是他母亲的翻版,这是他唯恐接纳她的原因之一。她还有许多地方让他弄不明白,假如让他们做夫妻,他无法想象两个人如何赤条条地面对，她的坦然，可以侵扰到邻居的亮嗓门，只有一点起伏的胸部，会不会让他更加张皇失措？不过，面对渐渐膨胀的欲念，他又觉得那样的想法实在离题太远。他宁愿蒙在鼓里，宁愿失去往日的清醒，只要是一个女人，哪怕是妖精变的女人。

齐教授下楼时，脸色阴沉。他对姜夏若无其事地坐在门卫房里，非常震惊，显得极不耐烦。他催促姜夏赶快上楼，自己则掉头匆匆离去。姜夏来到三楼，战战兢兢地敲开了大人物的房门。他看见有位小个子，端坐在窗帘的阴影里，像在尽情享受弥散在他周围的烟雾。看见姜夏，那人从容地把烟头在玻璃缸里掐灭，示意姜夏坐下来。直到这时，姜夏才想起他们在学校见过面，但两人始终没有行握手这种见面礼。那人脸颊上有少许褐斑，神情矜持，又尽量让姜夏感觉受到了尊重。他的目光灼人，开始交谈前，他揣在西装内兜里的手机响了。他对话筒那边的人享有绝对权威，他的话短促、有力，不留余地。他说，他在等这边试验的分析结果，不过最迟只能等到明天早晨。他的手机非常薄，像一张黑膏药贴在脸颊上。听得出，他对那人尖嘴灵鸟的嘴脸有些厌烦了。

有好几分钟，姜夏尴尬极了，像懵懵懂懂进了一个审讯室，他不知道教授和这位谈到哪里了，他应该从哪里接着往下谈。走廊里总是出现莫名其妙的声音，小个子好像已经习惯了，不觉得有什么奇怪的。他慢条斯理地站起来，想给姜夏沏茶，被姜夏手忙脚乱给拉住了。姜夏心烦意乱，想尽快了结这桩事，怕稍有不慎说漏嘴，让教授前功尽弃。小个子也许善于处理拘谨、沉闷的场面，他语气柔和地问起姜夏的情况。他对姜夏只有本科文凭惊讶不已，因为他从教授的谈话中得知，这位年轻人是研究小组的顶梁柱。他的问题细小又源源不断，比如结没结婚，有没有女朋友，老家在哪里，朋友多不多。这些都是齐教授平时毫不在意，或说毫不关心的。姜夏以为小个子在拖延实质性的问题，心里不敢有一丝松懈。小个子几乎把姜夏弄糊涂了。他和蔼可亲地问了姜夏一大堆个人问题，谈话快结束，才笼统地问姜夏对这项研究有没有信心。姜夏毕竟跟教授混了两年，知道只要小个子有信心，研究小组就会财源滚滚。

"我们小组的人常把炮弹比作戏子，平时看它老演喜剧，也会有点烦，冷不丁它就上演一出悲剧。"

大人物起先愣了一下，然后被逗乐地哈哈大笑起来，他兴致勃勃地说,"你知道吗? 这里的地瓜苗很好吃,试验不顺的时候,我就靠吃它来镇定自己。"姜夏也被逗乐了,但他过于认真地告诉大人物,在他的家乡,地瓜苗的确是老人们用来做药的……

9

齐教授像长着翅膀的圆脑袋扁虫,不知什么时候从窗户飞进来了……当他站到姜夏面前,这位学生的脑海里产生了这样的幻觉。他刚从打盹中惊醒,残碎的梦境像光束中的亮闪闪的尘埃,在满屋飘动。教授问他,主任是什么时候走的? 他木愣愣地望着教授,终于回想起刚才发生的事情。

"他,有事……先走了,他说你可能还要回来。"

"那你就什么也不做,光在这里打瞌睡?"

"我不知道你去哪里了。"

"姜夏啊姜夏,你叫我怎么说你呢? 你真的不如马厉会办事。刚才在楼下,如果是马厉,他一定会对门卫说,'这位是某某大学的教授……',可你偏傻愣着,反倒要我来介绍你。"

姜夏尴尬地咧嘴傻笑着，情绪马上降了八度。教授不经意的评判，让他感到今天做的事都很虚无。他不像教授，永远忘不了自己的使命。他时常在干某件事时，会迷失初衷。教授把研究一直当买卖做，他的使命是赚钱，沽名钓誉，他不会为投机行为感到道德上的半点难堪。的确，他要养活一大帮人，这帮人除了帮他炫耀，才能优秀的没几位，但心理上，他实在需要这帮人围在他的身边。为了让姜夏这样的高手俯首帖耳，教授也有绝招。昨天，教授和他从靶场的加工车间回来时，又令姜夏羡慕地谈起了希腊之行。教授故意强调在希腊的人际交往中，他常常遇到难题。他语气沉郁地感叹，当时身边没有助手实在不方便（他语气加重地又强调了一次）。譬如，他想去拜访某国赫赫有名的教授，需要职位低的助手先跑一趟，如果被拒绝，那种现场的尴尬，助手自然可以承受，他就避免了受直接伤害的危险。像他这样有地位、有身份的教授，脸面可是最要紧的。

每当姜夏受到这样的点拨，疲惫的心又生出听从使唤的激动，这时他会为有过摆脱教授的念头感到羞愧。教授当然不只是教授，在让人对前途想入非非、让人对他恭敬谦逊、让人对别的教授失去兴趣等方面，他妙趣横生的调侃、暗示，确实抵得上教堂里那些让信徒们满眼放光的布道词。

待在小城的几天，姜夏像照顾病号的护士，始终不离教授左右，除了被迫跟着向导冒着生命危险的那半天。那些碰见齐教授的人，会顺便过来同他说说话，但他始终感觉，他不过是他们想向教授说的那些话的逗号或句号，有时充其量不过是个延长号。经过教授的精心安排，他被安插到协作组，当了唯一的技术参谋。需要他表态的前一天晚上，教授面授机宜，让姜夏删改了不好的数据。教授让他明白，不管试验结果好坏，他们都要牢牢地掌握主动权，大不了出了问题，把责任推到加工工厂。不知是从哪个晚上起，姜夏的脑子突然开了窍，他渐渐能体味教授策略的精妙，这样不管试验成败，教授始终能把项目经费抓在手里。

10

姜夏大学毕业那年不很顺当，差点没能留校任教，原来属于他的留校名额，被会溜须拍马的同学马厉顶替了。马厉处世圆滑，一旦发现自己的学业没法拔尖，便耍开了计谋。马厉挖空心思推敲年级主任的需要。年级主任愁容满面，三十九岁了，因为家里有位得了摇头病的老婆，更加死气沉沉。每晚他忧郁地靠在棉枕上，脑海里跃动着那些女生清新活泼的形象。她们就像归他照看的一大片果树，他在果树间的徜徉、顾影自怜，未能引起果树们的兴趣。马厉实在是敢冒险，现在回想起来他还乐滋滋的。他去闹市区转了半天，找回了一位涉世不深的妓女。他告诉她，做爱时别大声哼哼，至少在这一天，她应该装扮得像一位被人引诱的淑女。他说他愿意为她额外的演技多付一些钱。她的面容看上去有几分清纯，所以，他把她带回校园时，没人怀疑她是他的表妹，在享受休假的最后几天闲暇。

年级主任见到那位女孩时，眼珠子骨碌碌转个不停，她与那些女生大不一样，浑身散着清纯又略带野性的气息，撩得年级主任心神不宁。说话时，他放在桌布底下的手，抑制不住地微微发抖。马厉领着他们吃饭，去保龄球馆，晚上十一点，又去了红灯笼歌厅。后来他借口有事离开了他们。走前，他摸出一大把叮当作响的钥匙，取下一枚放到"表妹"手里，同时拜托年级主任，把她送到他在校外租的一处公寓。年级主任毫不怀疑，马厉晚上要去朋友开的广告公司帮忙。年级主任不会想到，马厉其实一直守候在公寓后面一条冷清的小路上。他朝树后撤几步，便隐身在依次展开的柏树林中。他的视力和位置极佳，能看清年级主任什么时候进去，又什么时候出来。他就像指挥一场战役，既喜形于色，又忐忑不安。那一夜，年级主任的确和他的"表妹"睡了一觉。他赶回公寓时，看到了凌乱的床单，和上面散落的长短粗细不一的毛发。他恶心得快要吐出来，一把将床单扯下，扔进了垃圾箱里。第二天，他见到了容光焕发的年级主任。主任看上去心情很不赖，当他告诉主任，他的"表妹"提前走了，对方"啊?"一声张大了嘴巴。他当然知道，在抓住年级主任把柄的时候，应该再抛给对方一个诱饵。

"她说了，她很喜欢这里，以后只要有空，她还会再来的。"

叫年级主任干等到来年，他已经分配了工作，那时主任懊恼也来不及了。他知道这个把柄和诱饵会一直折磨年级主任，使主任宁愿忽略马厉学业的不足，为他的分配进行周全的考虑。

姜夏是马厉这个计谋的受害者。他的卓越超群得到同学和校方的一致公认，当他得知留校名单上没有他，目光一时呆滞了。接下来他没有大发雷霆，只是想哭，在同学面前强忍不住呜咽时，第一次放声大哭了。不过，他很快意识到，这样哭下去无济于事，即使赏识他的人也会认为，他的眼泪表达的是软弱、认命和屈从。整个大学期间，他从不给人难堪，即便是那些他认为不值一提的见解，他也从不当面戳穿。可是在这片令人沮丧的寂静中，当他看着留校名单上那个顶替他的、不被同学信任的名字，他的心中第一次升起了愤怒。他穿上干净的素格全棉衬衣，把几个月没擦的皮鞋，擦得锃亮放光。他欣慰地认识到，这不是一次简单的行动，他要证明，当他把才智用在邪门歪道上，他不会输给班上那些须溜拍马的人。

整整四个学年中，他只有接受领导训话的份儿，现在他倒要去反问领导。系主任的领地显得严谨，正义十足，好像他在为全人类服务似的。一间中等大小的房间，摆放着两张油亮的朱漆木桌，淡黄的长条沙发已经有点霉味，好像早该丢弃了。屋里自始至终都站着脸红脖子粗的毕业生，因为被分配的事困扰，都有些憔悴，不修边幅。姜夏刻意修饰的样子，在这些人中间显得格外扎眼。他耐心地等了半天，发现没用，许多人都挤在他的前面，争着和系主任说上一两句徒劳的话。这些人都有些发疯了，他们和姜夏一样，被分配到大大小小的山区工厂去工作。这些疲惫不堪的人，充满幻觉地围住系主任，想使事情起死回生。面对眼前一张张乞求的脸，系主任实在不想作任何解释，他挨到下班的时间，带着对嘈杂的声音难以忍受的表情，站了起来。人群一阵骚动，姜夏被后面的人推搡到系主任跟前。刚才他一直在为这个时刻谋划准备着，他发现自己不像别人，能把阿谀奉承的那套甜话挂在嘴上。他竟然像抓住了小偷的警察一样，猝然地大声问道，"你知道我的事吗？"

"你的事？"屋里出现了片刻寂静。系主任被挡住后，有些慌乱，越是人多，系主任越不可能说实话。

"你的事我不清楚，是你们班主任一手操办的。"

"但你是不是应该主持公道？"

"具体情况我不清楚，所以不好多嘴。"系主任奋力从人群中挣脱出来，跳上门外一辆没锁的自行车，盗车贼一般飞车而去。他脱身的时候，心里带着极其由衷的悔恨：早知道没干什么也这么麻烦，倒不如真干点出格的事情。姜夏在门口发了一会愣，突然意识到，那几句不经意的话里，有他可以施展计谋的空间。

11

傍晚，他去了齐教授家里。这是他第一次为不幸的事去齐教授家。师母开门时，高兴得几乎拥抱了他。他马上感到春风拂面，差点被师母拉扯得失去平衡。餐桌右边正好空着一把椅子，他明白除非得了肺炎，他是没办法拒绝吃饭的。师母微笑地看着他，手像过长的头发不经意地搭到他的脖子上。他注意到齐教授有点微醉，容光焕发，身前摆着一杯红葡萄酒。"来，来，来。"教授醉眼蒙眬地举起酒杯，对姜夏说。"噢，对不起！"教授忙放下酒杯，发现还没有给姜夏斟酒。看着教授的滑稽样，师母哈哈大笑。她兴奋地把嘴伸到姜夏耳边，嘀咕了一阵。原来，教授主持的项目得了国家二等奖，这个时候他巴不得和所有人，哪怕是陌生人，分享他的快乐。透过玻璃窗，姜夏看见院内的陶土花盆摆得奇特极了，他忍不住站起身来。教授用大大小小的花盆在院内摆了个"庆"字。教授越发得意了，他一饮而尽杯中的酒，说开了他的满腹花经。姜夏被屋里享乐的气氛彻底感染了，他忍住心里的抑郁，不打算说自己那件不幸的事了。

他匆匆吃了点什么。烤得香喷喷的鱿鱼，在他嘴里就像淡而无味的米饭。师母起身去放邓丽君的磁带，如果不喝酒，他就觉得喉咙像粘上了飞蚊，直发痒。邓丽君的声音让他的脑子充满了幻觉。他仿佛觉得师母就是他喜欢的那位女歌手，在枝形水晶吊灯下露着迷人的双肩。师母不过大他十岁，也许是被教授的年龄拔高了辈分，也许是膝下无子，她喜欢把他当孩子似的揽在身边。她身材高大，体态优美，皮肤白璧无瑕。对姜夏来说，靠近她，和她共同呼吸同一团空气，简直妙不可言。姜夏敏感地发现，她不论穿什么衣服，在什么场合下，都会刻意展示她的性感。粉色的高腰内裤和紧身弹力背心，是这个季节她在家里的装束。吃完饭，她在桌前走来走去，逗他们发笑，露着雪白的大腿和半边丰臀，一点也不回避姜夏。教授对她卖弄风情的嗜好，已经见怪不怪，表情像门板一样安详。

教授记得结婚那年，他刚好到了不惑之年，那时的人都百般正经、刻板，难得见到别有风情的女人。她的风情对他来说，是另一种他一生都愿意顶礼膜拜的智慧。娶她时，他抑制不住内心的狂喜。他绞尽脑汁，好不容易想到一个昵称，结果说的时候表情极不自然，"小……小意大利"，当他还想正经地解释一番时,她眼皮向上一挑,娇滴滴地回敬他:"我的老丝瓜。"时间使她的嗓音逐年升高,在家里渐渐取得了教授无法抗拒的权威。当她躺在床上,怀着捉弄的心情逗他,"上床呀,上床呀。"他便会站在床前,为自己的衰老慌神,担惊受怕。

姜夏的嗓子那一刻痒得难受,他忍不住又抿了一口红酒。他发现自己不能这样待下去,在师母身边,他简直无法享有正常人的感觉。最可怕的是系主任的那张不通融的脸,几乎让别人沦为俘虏的脸,渐渐被师母布满体贴表情的脸取代了,接下去他也许会认命地接受现实。师母一直在兴头上,姜夏固执地提出要走时,师母不能接受。姜夏解释时偏又说错了话,显得更慌乱了。师母问他是不是恋爱了,他马上诚恳地摇着脑袋。师母只好叹着气,惋惜地把他送到门口。刚走进院子他又折回身子,像漏掉了一件不起眼的事情。他向师母打听系主任的门牌号码。师母掉转脑袋,扯起嗓门问屋里的教授,须臾间,教授醉得发悠发颤的声音,从屋里一字一顿地飞出来。

12

　　姜夏清楚行贿是一场明码标价的交谈,这不是他擅长的。他不擅长用糖纸把不公正包裹起来。这几天他真是长了见识,听说了那些去向好的同学的行贿方法。有人把班主任的旧自行车换成了新的。有人给班主任患摇头症的老婆戴上了泰国项链和耳坠子——姜夏实在佩服甚至想弄清,那些家伙究竟是怎样给她戴上的?——情急之中,还有女生偷偷夜闯办公室,带着最执拗的表情,让班主任糟践自己。姜夏遗憾自己知道得太晚,眼见朵朵鲜花已经揉碎在班主任的手中。他为自己的无知感到气愤,正是这些让人气愤的事,难以让他怀着恭敬的行贿心理,去拜见系主任。他知道,此时去找班主任算账,已无济于事。

　　他在系主任住的公寓楼下东张西望,感觉夜色沉甸甸地压在他的胸口。他怀疑自己又一次失去了勇气,被茫然、沉寂拦在系主任的家门口。"怎么办?""怎么办?"他厌倦地问着自己,就像一只苍蝇在问拿着苍蝇拍的人。他的心里壅塞着各种矛盾的冲动,每个冲动都将导致截然有别的未来。

他听见一楼响起了哗哗的洗浴声，厕所纱帘上映现出一位女人的裸体轮廓，她用双手在搓洗滚圆的身子，被水溅湿的纱帘像毛玻璃，隐约透出身体的部分细节。姜夏感到脸上一阵灼热，他怕路人以为他是专程跑来偷看的，慌慌张张上了楼。他的脸因为离系主任的家门越来越近，显出被鞭子抽打一样的紧张神情。他越往上走，心里越有点清楚了，也许系主任跟他一样害怕，怕别人揭那些臭气熏天的分配内幕。

他战战兢兢按了门铃，强迫自己按了三遍。门勉强打开了，系主任看见门外的他，微微一怔，嘴里发出了不太情愿的声音，"哦？是你。"系主任马上镇定下来，礼貌又矜持地把他让进屋里。可以看出系主任生活得不错，房间布置得相当舒适。茶几上的漆木茶盘旁边摆了一盒眠纳多宁，看来最近系主任的睡眠不怎么好，难得有点好心情。有好几次，他想开口发话，但忍住了。据说系主任早年有过孩子，后来夭折了，屋里已经看不出有过孩子的迹象。这件伤心事别人当然不能提。如果姜夏想刺激他，肯定不难办到。系主任挽起衬衣袖子，瞥着手表，打算用几句话把他打发走。姜夏忘了在楼下想好的那些话，系主任不加掩饰的逐客意图，激怒了他。系主任也许把他当成无力反抗的弱者，在应尽的礼仪中展示无所不在的权威。姜夏点拨了一下系主任,他稍稍提了提分配内幕,当然点到为止,然后昂着脖子,有点粗鲁地把双腿放直,伸到玻璃茶几底下。系主任惊愕地看着他,这位平时唯唯诺诺的人的无礼表现,让人有暴风雨即将来临的感觉。

"什么?你想不参加今年的分配?"

"对,我想休学一年。"姜夏鼓足勇气说道。

"可是分配已经结束了。"

"我知道分配方案没法改了,但你有权让学生休学,不参加分配。"

"你有什么理由呢?这可是要特别充分的理由才行。"

"别人顶替我的那个理由,还不充分吗?"

系主任明白他指的是班主任说他有病的事,马厉顶替他留校时,班主任撒谎说他身体不好,不适合当教师。系主任显得有些难堪,几天来他一直被各种难堪困扰着,班主任的那些见不得人的事情,对他产生了威胁,如果处理不当,他会上下不讨好。他没想到有人会对内幕如此了解,他狡黠地打量着姜夏。

"光嘴上说说没用的,你知道生病休学这种事,要拿出特别过硬的证明才行。"

"如果我能拿出来呢?"

"要知道,证明你有小毛病是没用的。"系主任不认为姜夏有大毛病。

"如果我能拿出来你说的那种证明呢?"

系主任认为他在虚张声势,不过图一时说话痛快,其实已经弄巧成拙。系主任建议姜夏接受去那家山区工厂的分配,他说那里有城市丢弃的平静而美好的生活。他仿佛听见了姜夏心里呜呜咽咽的哭声,他感到大局已定,有些轻松地站起来,边拉窗帘边心不在焉地回答:"如果你真有证明,我可以答应你。"

13

姜夏不会因此感到满意,他比见系主任前更加烦恼,他说了大话,连一张证明生病的纸片都没有。他的眼睛布满血丝,和分配不如意的人一样,他有的只是那些发疯的想象。为了过上热热闹闹的城市生活,免得在人至罕迹的山区,把自己弄得像山民一样土气窝囊,他必须去一家医院冒险。

印象中的医生是一群享有特权的人，他们有权肆无忌惮地查看病人的身体，有权从病人的厄运中，分享到医术细微长进的狂喜。他们自豪地把汉字写得像病人无从辨认的花体拉丁字母。不管把病人治好治坏，他们永远稳操胜券。整个医院办得像烹饪药品的食堂，人声鼎沸，每个患者在医生怂恿下，对高价药品表现出前所未有的好胃口。

姜夏害怕校医看见他瘦骨嶙峋的胸部，每次总是用衣服挡住医生的听诊器。某个下午，为了得到他想象中的那张证明，他必须去校外，去那个他想起来就脊背一阵冰凉的市立医院。他拖了几天，后来不敢再拖了。一路上他念念有词，"老天保佑，老天保佑……"，他希望给要办的事，真的施以魔法。他拿着挂号单，在几位患者后面排队时，吓得失魂落魄一般。他听见一位男医生嗓子说哑了，正在抱怨人多，他连忙换到对面女医生的队列里。医生除了不经意地问问症状，彼此间不停说着笑话。女医生的白色袖筒里，不时滑出一只银亮的手镯，每次她都抬手让它落回袖筒。她又一次抬手时，姜夏排到了她的跟前。她头也不抬地问他哪里不舒服，姜夏支支吾吾说不出来。她不耐烦地又问了一遍，姜夏理屈词穷地嘟噜道，医生，是这样的，有，有这么一回事……他的声音发抖，不住地往肚里咽口水。 女医生纳闷了，终于抬头打量他。 她不会想到病人想托她撒一个弥天大谎。 他清秀的脸因为紧张显得苍白，他年轻得像一位中学生，衬衣挺括地穿在身上。 他脱口说出她帮忙与不帮忙，会给他的命运带来天壤之别的遭际。 也许已经悲至心灵，他的样子无助极了。 姜夏以前痛哭过、愤怒过、恳求过，就是从没有像今天这样无助过。

你别急，别急。 一张铁一样冷的脸，开始转暖，发出让姜夏惊讶的柔和的声音。 看着这位软弱无力的大男孩，女医生心里产生了怜爱之情。 眼前，这位一肚子苦水的大男孩，他慢慢吞吞说话的拘谨，让她产生了是她弟弟的可爱幻觉。她没有弟弟，从小一直希望有而已，她想扮演姐姐角色的希望，因为父母离异而落空了。 她忍受着周围病人不耐烦的嗔怪声，耐心听他把话慢慢说完。 她见识过那些掌管分配和推荐大权的班主任。 她不过大他几岁，刚工作两年，一脸的矜持后面隐藏着令她厌恶的回忆。 为了留在省城，她答应了班主任求她放纵一次的哀求。 那个耻辱的场面历历在目，她就像是他的女俘虏，站在郊外密林的空地上。 面对班主任一次又一次的欲望，最后她无法忍受地对着他大喊大叫起来。 仅仅一次，就够了，足以让她厌恶比她大许多的男人。她和母亲住在一起，说不完的话题，就是交流对成熟男人的仇恨。她不屑于辨认成熟男人之间有什么不同，在她眼里只有男孩与男人之分，那是有天壤之别的。

她掀开杯盖，喝了一口茶水。现在，任何大学的班主任都是她潜在的敌人。她仰起有些平扁的脸，对他说，你跟我来。在周围病人的一片抱怨声中，带他去了一楼的放射科。那里朝南的墙上贴着防治结核病的宣传招贴画。一位她称作干妈的老妇人，听见她的喊声，从胸片库里探出头来。出具假证明，对她们来说，是一件再平庸不过的事情。这件外人看来挺权威的事，她们不到十分钟就办妥了。她们不过在胸片架前巡视了一圈，随手抽出一份胸片档案，把上面的诊断结论誊在空白的诊断书上。放射科的蓝色章印，像一张嘲弄系主任的嘴，盖在医生的签名上。他差一点要跪下给两位女医生磕头了。他既激动又笨拙地说着感谢的话，眼睛被泪水模糊了，他甚至听不清她俩安慰他说了什么。最后，他双脚离开她们站立的台阶，飞奔着出了医院。

14

　　系主任整整受了三天罪，终于可以吁一口长气了，坚持来找他的人已经寥寥无几。那些被分配折磨得发疯的人，发现了自己想法的幼稚和可笑，分配大局已定，谁也无力回天了。他们一无所获，也许是疯得还不够，疯得不如姜夏离谱。

　　姜夏进来时差点把椅子碰翻，他颤抖地把诊断书摆在系主任面前。

　　"这就是你要的那个证明。"

　　系主任惊愕地把眼睛瞪得老大，仔仔细细打量这份诊断书。市立医院的诊断书是啥玩意，他也是第一次见识。它似乎浸透着医生哀怜生命的担忧。他惊讶姜夏在他面前不是采取讨好逢迎的方式。他不得不承认，这份诊断书无懈可击，姜夏瘦弱的身体里竟透着一股让他害怕的疯劲。姜夏拿一年做赌注，只是为了摆脱眼下不如意的分配。谁能保证在脱离他的魔爪后，姜夏明年能分到比今年好些的工作？这个结果谁也难以预料。系主任难以置信又不得不信，姜夏是比班主任还要彻底的疯子。

一阵轻风从窗外吹进来，让系主任的脑袋愈加清醒了。刁难不如祝福，不然，谁知道这个想象力丰富的家伙，还会从哪个意想不到的方向，一次次向他反扑过来。他的心脏因为手下班主任弄的那些馊事，已经有些受不住了，他担心再加上这个执拗又疯狂的家伙，没准会捅出大娄子。算了，还是让愤愤不平的姜夏，明年到接管他的人事处去咆哮吧。

系主任收下诊断书，满脸堆笑。

"既然你有证明，我又答应了你，那你就等几天吧。"

三天后，姜夏拿到了休学通知。

15

天晓得他在家乡的车站下车时，对那些没有逃过命运魔爪，只好把箱子运往山区的同学，怀着一副怎样假惺惺的心肠。在得意忘形的轻松中，他高兴得差点被地上浇水的软皮管绊倒，拎拎着两个大包，兴冲冲地出了车站。

进家门时，父亲紧跟在母亲后面欢迎他，他们高兴地说了一阵话，脸上渐渐露出了茫然的神情。妹妹的工作一直没有着落，父母为他上学借了贷，满以为他即将挣钱养家的时候，他却兴冲冲地跑回家来休学。在全家人盼他毕业，生活即将发生可喜变化的时候，不料想他只带回一张吃闲饭的嘴。这位原来在家里了不起的大学生，终于无话可说了，没了上学期间的那份光荣劲。最可怕的是别看他无精打采，却喜欢上了文学。那些父母看来很肮脏的书，他读得津津有味。一九五七年"反右"以前，父亲发表过几首诗，"反右"开始以后，便和查他日记的人一起诅咒文学。当着儿子的面，他一提起文学，就像发讣告似的难受。几个月下来，姜夏像换了一个人，文学操练让他有了愈加不切实际的想法。他不属于中国人、美国人或俄罗斯人，他属于世界文学，属于消除了方言的那部分。这个想法一下把他父亲难住了，他想着姜夏说的每个字，想弄清姜夏究竟是从哪里误入歧途的。他忧心忡忡地看着文学，这个他又敬又怕的恶魔，附身在了他儿子身上。他相信儿子是一位蹩脚的习作者，只会拾捡从那些天才嘴上掉下来的饭渣。他感到时间紧迫，因为姜夏赶在挣钱之前，发出了人干吗要挣那么多钱的可怕疑问。

他父亲急不可耐，在镇小学门口等到了姗姗来迟的老同学。 那人教语文，顺带负责为学生编一份文学小报，是个宽肩膀无话不说的家伙。 他和姜夏父亲临时组成了鉴定小组。 姜夏去镇图书馆借书的当口，他们翻阅了姜夏的笔记本，满床满桌的废稿纸。 他们发现姜夏没有从书中学到什么，他说的那些亵渎的话，不过是背诵名人名句而已。 他的习作单纯得让人害羞。 鉴定小组原来打算花上十天半月说服姜夏放弃文学，没想到只半天就办到了。 与姜夏父亲的做法不同，那人先是赞美文学，背诗，然后说了许多姜夏不知道的天才轶闻。 末了现身说法，认定自己为文学奋斗了大半辈子（鬼知道他是怎么奋斗的），至今一事无成。 姜夏用手绞着一张餐巾纸，他的话足以让姜夏冷静下来，好好掂量一下，这位起点比姜夏高的人，已经奋斗了大半辈子……看来属于姜夏的写作前景也不美妙，他似乎该接受这种文学宿命。

到了春天，家里已经有了冷战的气氛。 荤食越来越少，变成了让他知趣的语言。 其实他不该有所抱怨，他应该认识到，动物性也是人性的一部分。 动物的父母不愿为子女多当哪怕一天的监护者。 他父母省吃俭用，让他在家里待了这么长的时日，他应该感激涕零才对。 阳光、书籍、闲饭，这些都说明了他的差劲。 父母为落实下一顿饭害上了失眠症，他却把这么宝贵的日夜，用在不可救药的闲书上，的确闲昏了头。

记得他提出要走后，家里的气氛突然热烈起来，又变得依依不舍。他早想好了，在饭桌上甚至向家人吹牛夸口，他一定会留在大城市，有一份收入不菲的工作，也许最终会在华东的某个地方，娶上一位当地的漂亮姑娘。他回学校的日程安排，清晰得让他害怕，那些还没有着落的事像眼花缭乱的景点，已经纳入了旅游手册似的。他回到学校时，身子瘦条条的，体重与以前没有两样，他吃闲饭竟然没吃胖。原以为轻松得如同睡眠的休学生活，不料想成了一本教他时刻留意金钱的教科书。

16

在黄色基调的客厅里，师母瞅着体重计的刻度，遗憾地对姜夏说："你太瘦了，真的太瘦，还是在我们家好好补补身子吧。"

现在他要扮演一个似是而非的情种，几个关键人物的老婆或女儿，是他想拉拢的对象。他对自己有点英俊的相貌倒没有信心，面对他的躲闪、害羞，女人反倒会主动亲近他。师母安排他住在家里，睡在书房临时搭的一张行军床上。师母帮他拟好了需要造访的人物名单，他犹犹豫豫，不知道如何做到老练、大方。迫于无奈，他开始了社交生活。主动上门不总是一件叫人难受的事，他发现女人一般不怎么警觉，时常被他的吞吞吐吐、羞怯所打动。他渐渐领悟到人际交往的个中奥妙。有时，返回师母家的途中，他会突然掉转方向，跑到几天前刚拜访过的某户人家。他去得最多的，是学校书记住的那栋小别墅。书记面无表情，矜持安详，姜夏害羞地挠头与书记老婆、女儿打招呼时，他则坐在电视机面前沉默寡言。姜夏第一次上门带着中学同学的介绍信，那人与书记儿子是大学同班同学。姜夏万金油般的见识似乎很讨女主人的喜欢。他愉快地应付着各种话题，听她们兴奋地谈起以后一起出游黄山、泰山等地的各种设想。偶尔，从书记老婆嘴里，会飞出一两句嗔怪书记的话语，抱怨他把客人冷落了。也许官位养成了书记不屑于常人礼仪的习惯，他开玩笑地说，别把客人宠坏了，我家已经有两个人与客人说话，他再加入进来，那不是更不平等了？可能他打定主意，要坚持把京城的某部电视连续剧看完。透过两位女人两颊的兴奋红润，姜夏再笨也会意识到，事情已经快弄妥了。

　　师母细心地向他介绍了学校的权力派别。他就像站在脚手架上往机关大楼里窥视的民工，楼里是西装革履乘着电梯直上直下的校园官僚。姜夏的活动全部在晚间展开，白天他就像躲进洞里的一只耗子。师母白天给他提的建议，晚上就会变成他的一次讨人喜欢的拜访。他在校园转来转去，被拜访的家庭都有点舍不得他离去。在卫生间的方形镜子中，他慢慢明白了个中奥妙，对他这位长相、口碑都不错的大学优等生，那些主妇争相向他投来未来岳母百看不厌的目光。这种献媚的事很快让他腻烦了，他尽量抑制住厌恶，知道含情脉脉是一种多么平庸的才能。通过那些女人，他对命运指手画脚，施加影响，确实超过了原来的预想。老天爷最终妥协了，他得到了一个意想不到的留校名额。

17

　　教授乘飞机去了大年城，他答应为那里的部属研究所作一次演讲。同事们猜测，他到那里是给老同学解围的。那人的非线性项目把钱花光了，难以为继，教授打算把项目接过来。教授办完事，匆匆去海边湿了一下鞋帮，他不知道那些几乎光腚的男男女女，有什么快乐可言。他是教授，只相信男女间那种实质性的进展。在他看来，男女间的距离应该用皮尺丈量，从皮尺刻度，就可以读出哪些快乐是货真价实的。

他从大年城飞回家时，姜夏和那帮同事坐的火车，才驶出一小半的路程。同小组其他成员坐火车，是姜夏感到羞辱和难堪的时候。他沉默寡言，尽量避开那些吵吵嚷嚷、说话刻薄的小组成员。他们边打牌，边传递着流言蜚语、荤段子，甚至说着影射他和教授的又酸又咸的话。当火车载着这伙自始至终在狂欢的人驶过大桥，进入石城的楼群中，他们的神色才显出一些人情味。也许他们的妻子或女友白皙胴体的艳丽形象，一齐涌上了他们的心头。他们眼巴巴地望着窗外飞驰的景物，显得有点急不可耐。只有姜夏的脸，一直在窗口阴沉着。那些他结识的女人的脸，像嚓嚓嚓飞旋的车轮，扬起了他心中的一片沮丧。

第二天中午，汤苓得到他回来的消息，马上来敲他的门。她的情绪、细说的事情，好像接着他离开石城的那一天，这让姜夏困惑不解。本来她一脸孩子气，却不能像宠坏的女孩子一样，无所顾忌地表现出来。她事事迁就他，小心循着他的趣味，对别人评头论足。她将剥了皮的橘子，递到他手里，就像把自己剥光了，交给他处理。她说话滔滔不绝，当她意识到说得过多，或说得不对，红晕的脸颊才显得楚楚动人。姜夏凝视着她灵巧的嘴唇，对她的兴奋有些无动于衷。她令人寒心地像他母亲，不止个头、身材像，连喜欢小题大做，在他面前压抑的小暴脾气，也如出一辙。她在外事科工作，离开温厚的姜夏，她压抑脾气的劲头便没了，有时反倒给她引来意想不到的关爱。外教公寓里住着刚来的一位英国小伙子，汤苓给他起中国名叫焦志。焦志似乎不明白矮个子究竟意味着什么。汤苓和他走在一起，脑袋只够到他衣服的第三个纽扣，他整个肥大的胯部，便十分夸张地悬在她的眼前。他拎着一只英国皮箱，穿过学校后门的农贸市场时，的确表现出了漂洋过海带来的绅士作派。他不怕汤苓的脾气蜇伤他，似乎打算用他笨拙的玩笑把汤苓的斗志磨垮。

一天，正好汤苓的脾气像篮球慢慢充气时，焦志又来撩她，说再不嫁给他，眼看她就要老掉了。奇怪的是，这句话让汤苓想起了姜夏，她受不了，骂了他一句，绝望地把一摞复印纸扔到他头上。她疯了似的穿过院子，去找外事科的司机。司机二话不说，表示愿意帮忙，假借有事从车库弄出了一辆奔驰，带上她去找姜夏。在巴赫的乐曲声中，姜夏正在宿舍倒腾他的试验报告，没兴致去她想去的钟山。她坚持了一会儿，打算摊牌的想法，让她的手汗津津的。姜夏把钢笔套上笔帽，还是不肯去，他意识到形势的严峻，她的爱像他母亲的爱一样，有些强人所难。他害怕在郊外出现令人陶醉的场面，到时不慎心软答应了她，他这辈子可就要遭殃了。他呷嘴找着理由，后来干脆什么理由也不找。他挠头搓手，站着不动。她气得咬牙切齿，但不敢发作。她鼻子一酸，转身跑了出去。令人惊讶的是，他并不感到轻松，两条细长的腿一动不动，任凭她面色苍白、踉踉跄跄地冲下楼去。

一刻钟以后，又响起了敲门声，他的神经跳起来。好友王标兴致勃勃地出现在门口，他眯着眼，笑盈盈的，等姜夏把收录机的声音拧小，才发出沉稳的喉音。"我能理解你。"首先他装着像收回了刚才对汤苓的承诺。他不像姜夏喜欢独往独来，他一直为学校的教职不适合自己，寻觅着出路。他能背出所有美国城市的历史，有名山峰的海拔，看来他要去美国已经势不可挡。他目不转睛地看着姜夏，想象把汤苓与姜夏放在一起的感觉。他调皮地眨巴着眼，提醒姜夏，约会又不等于结婚，你怕什么？ 他挺拔的鼻梁上，架着一位丑女人送的美国款式的眼镜，这位丑女人来自檀香山的华裔家庭，她喜欢在王标的床前研读中国文学。 她小心选择王标的女友回四川的日子，向他展示朗诵的才能。 她给他写的情书，有一天被王标女友从床垫下面搜了出来。 一场歇斯底里的大吵大闹中，姜夏帮他们收了场。 姜夏答应王标的女友，稍有风吹草动，他会及时通知在外奔波的她。 这件出卖朋友的事，姜夏从未认真加以考虑。 王标住在姜夏对门，他和那位丑女人的奸情，姜夏一直有所察觉。 这种奸情似乎带着美国式的夸张风格。 丑女人不断给王标送磁带，写甜得腻人的信，赠他花哨的领带夹、生日卡、圣诞卡，和故作伤感的朗诵。 姜夏对这位华裔的相貌大为失望，他知道王标一定另有图谋。

汤苓在楼下被冷落半个小时后，姜夏终于走下楼来，勉强同意和她出游，他不想让这辆奔驰一直待在楼下，弄得邻居探头探脑的。 这辆奔驰行驶在高大梧桐的林荫中，阳光不时穿过树隙刺疼他的眼。 盘山路上几乎没有人。 在姜夏身边，她把双腿并得拢拢的，紧张得像一具蜡像，纹丝不动。 她喜欢山林里鸟、树叶的声音，流水、雾气下泻的凉沁沁的气息。她真想和姜夏待在一个隐蔽处,宁可不要那些圣洁的想法。他们向比刚才停车处低的山谷走去。一阵低沉的类似咳嗽的声音响过,那辆奔驰拐了一个弯,识相地开走了。汤苓清楚,这片林子里有三三两两的恋人,他们在尝试花样百出的拥抱、接吻,当然还有交欢,这是她希望姜夏撞见的。那些联防队员认为臭不可闻的地方,她觉得正适合繁殖爱情。即使受到联防队员捉奸的威胁,恋人们的情爱还在蓬勃地发展。她不太漂亮,可是到了昏暗的林子里,花容月貌也显得多余了,那时,女人的身体会令他心颤不已。她乐意把聪明才智倾注在持家上,她记得他老说他爷爷晚年受过的那些苦,也许到了他这一辈,加上她这个女人的潜心辅佐,姜家必将出现中兴迹象。他腋下的淡淡的狐臭,这会儿令她陶醉,她身子摇晃,觉得那些巨石、树干和齐到膝盖的草丛,都是成全好事的佳处。那汇合着隐约呻吟的嗡嗡的夜声,证实了中国人对性爱认识的势不可挡。只要姜夏心无旁骛地属于她,她甘愿成为这样的进步青年。

夜幕四合,因为路面的坡度,他们的身体不时碰到一起。他看不清她的脸,但听见她的声音像灯丝在空气中微微发颤。

"你……你对我们的关系有什么打算呀?"

"我们? 当然是知心朋友啦。"

"会不会……你有很多这样的知心朋友?"

"没有,我的知心朋友一向很少。"

"我怎么感觉不到呢?"

"我心里确实是这么想的。"

"将来我们能结为夫妻吗?"

"可能不行。"

"为什么?"汤苓仰起头来。

"说了别介意,你,你太像我妈了。"

"太——像——你——妈?"她惊得一字一顿地叫起来。

"是的。从个头到长相,你都像我妈。如果和你在一起,我会感觉是和我妈在一起。你知道,这种感觉是很糟糕的。"

"那我可以做一些改变呀。"

"没用的,人是天生的,定了就定了。"

他们沿着音乐台拾级而下,在冷霜似的月光中,他辨出了那些影影绰绰寻欢作乐的恋人们。汤苓失望地一屁股坐在石凳上。姜夏怀着愧疚对她说,非常抱歉,如果她愿意,他们可以做好朋友，做红颜知己。他甚至想过去一把抱住她，让她度过这个难受的时刻。汤苓忽然惨痛地叫起来：那有什么用啊？月亮再好，还不是可望而不可即？汤苓不满足这就是走了这么远路的最终结果。姜夏试着和她聊聊别的，在这个特定的场合，他害怕自己屈服于自己居心不良的想法。在什么声音都听得见的这片旷野中，她娇小的身体嗤嗤地起伏，那对儿像是属于未成年者的乳房的轮廓，弄得他脸红耳烫。举目四顾，越来越多的恋人，被联防队员从隐蔽处驱赶出来，嘈杂的摩托声把他们的谈话声都淹没了，车前的几柱灯光，像几条滑溜的白蛇，吓得那些衣冠不整的恋人们四处逃散……

18

从靶场回来后，姜夏就想凭聪明，干点利己的事情。他的计划可能在汤苓看来，一点意思也没有，没有婚姻的保证，恋爱甚至做爱又有什么光荣可言呢？天气尽管渐冷，汤苓坚持穿露腿的一步裙，无色丝袜透出她玉白的滑嫩肌肤。摊牌以后，她没有死心，从焦志追她的感受中，似乎体会到了一个人动摇的可能，被追不是一种十分让人腻味的感觉。姜夏关上打印机，不知所措地把长长一卷打印纸揉成一团，扔进纸篓里。没想到在她面前，他也会紧张，不知道怎样开口谈他的想法。他走到书架前去拿酒，调整了一下呼吸。在她眼里，劳顿未消的他瘦了，忧郁了，也愈加俊秀了。一股秋风携着燃烧树叶的烟味，撼了一下窗户，这时细密的水杉针叶像给窗外的树干披上了棕色的翻毛领。他的样子变得有些矫揉造作，当他从窗玻璃中瞥见她模糊的脸，总算想到了一个主意。

他样子随便地提议，两人玩个写纸条的游戏，写下自己最想干的三件事情。他打算利用纸条写下最见不得人的想法。他拿来笔和纸，反复强调不必碍于颜面，必须写下真话。他打开教授送给他的红葡萄酒，每人倒满杯底，各抿了几口。短短几秒钟，姜夏就有些红头涨脑。两个人拿着纸和笔，都在自己的想法跟前陶醉得发抖起来。汤苓写的有一条与性有关，"在婚后的早晨，两人在床上相拥着醒来。""婚后"一词把婚前的可趁空隙全堵死了。姜夏写的也有一条与性有关，"作为好朋友，有时也可以有性行为。"他不安地望着地面，又抿了几口酒，让酒劲撑着自己。他知道这个想法肯定毁了他清白无辜的过去，天知道她会怎样想象他的过去。一位外表单纯却又色胆包天的家伙？一位再也不能视为安全的伙伴？

她的小嘴努起来，缓缓向两边撇开，忍不住笑了。她承认有时自己也有这样的需要，但真要那么做了，她的灵魂会感到不安的，心里没有了让她心安理得的尺度。从八九岁开始，她就处在长辈、堂兄表哥的各种爱抚中，不能说有些爱抚是无可非议的。那种既快活又吓人的感觉，是她成人后一直警惕的。一件十岁时发生的事，她至今还记得。当时大表哥住在她家楼下，经常和她打羽毛球，她对他用手不经意碰她的身体，从不敏感或没觉得有什么不妥。有一天，大表哥神秘兮兮地把她叫进屋里，说要给她看一样好玩的东西。进屋后，她看见表哥先扒下自己的裤子，又不由分说扒下了她的裤子。她有些害怕了，一把将表哥推开。在他发愣的当口，她飞快地提上裤子，脸蛋绯红地跑了出去。过去的场景历历在目，虽然不再让她困惑，但一直让她惴惴不安。

没有婚姻保证，她就会陷入恐慌，大概她想象自己享乐时，她的家人会在床上痛苦地打滚。她说，在欺骗家人中享受那份快乐，她还会是快乐的吗？"当然不会。"姜夏假惺惺地附和道。只有他发胀的下身明白，他的泰然自若弄得他有多沮丧。这一天，的确非同寻常。往好处讲，他们终于触及性这个核心问题了，这里藏着他自靶场以来的全部想象，或者说全部的小阴谋。往坏处讲，他们的态度太不偏不倚、彬彬有礼，太像探究学问的医生，忘了美丽的胴体除了可供手术，还有别的更有魅力的用途。他们就像有德行的老者，把那迷蒙的情欲氛围全搅散了。姜夏没有想到，一件有点下流的事，会被两人谈得这么玄妙，谈得这么没心没肺。他认输地红着脸，眼看她把道德说得比性爱重要，说成了快乐的源泉。他垂涎地看着她双腿齿白的皮肤，心里隐隐作痛。

19

汤苓有个姨妈，已年近四十，但好看的脖子没有随着年龄变皱变粗，她在《石城晚报》负责文学副刊，周围有许多不请自来的文学青年。知道姜夏爱写诗，汤苓格外高兴，虽然他只偶尔自负地拿出一两首。不管他写得怎样，她必定大加恭维。管她姨妈的什么文学标准，她只知道闷得慌，想借诗歌找些和他见面的理由。

一个晴朗的下午,她带他去见姨妈。编辑部一屋子人让他有些难堪,他把露出来的半截话,马上咽了回去。她姨妈舍得放下与主任的谈话,来接待他,的确让他开心又紧张。她姨妈几乎把汤岑当成他的情人了,她的每个毛孔都变成了打量他的笑眯眯的眼睛。

"你挺敢冒险的。"

姜夏还未反应过来,她又说了一遍。她抬起脚上的高跟鞋,把手中的香烟在鞋底压灭,然后扔进烟缸里。姜夏有点迷糊,她说的话,奇怪的动作,让他眼花缭乱。她的皮肤雪白,打量他时非常安静。他想不通在一个响屁声中,她怎么能坐得那么镇定、安静?屋里的哄笑声简直可以杀死几只飞蚊。姜夏受了感染,没有动,也不知道该怎样吭声。她独身一人,有过一段差强人意的婚姻,就在她的婚姻浓云密布时,丈夫出了车祸,死在去医院的救护车上。这件突如其来的事,把她对丈夫的腻烦变成了永恒的怀念,那段婚姻随之进入了众人喜欢列举的经典行列。作为本省官方推举的诗人,年轻时她东奔西跑,参加过各种附庸风雅的文学会议。作为报答,她放弃了有些另类的写作风格。那座她原来上班的阴湿灰暗的工厂，她再也不想回去了，与地位变迁的步伐相比，文学变迁的确很难让她打起精神了。现在她穿戴整齐，被围在三五成群的文学青年中间，为了证明她还能让他们惊讶，她时常背诵一些外国诗歌。她的鼻子精致、漂亮，功能却有些不全，明显闻不出一些诗歌的霉味。

姜夏终于明白她说的意思了，是指他的诗歌，有搅乱一切的印象，与他胆怯的微笑毫不相称。这场谈话进行得不很顺利，不时有电话打进来，或有人过来与她姨妈打招呼。汤苓像一位天使，穿梭在各个办公桌之间，快活地露出白齿闪亮地大笑。她轻松得像在树枝上跳跃的小松鼠，似乎情愿被那些编辑的大话给淹没。即便与他们打得火热，她心里还是暗暗留意着姜夏，她说给别人听的每句话，其实都是说给姜夏听的。她姨妈起身打开窗户，给烟雾腾腾的办公室透透气，姜夏闻到了随风飘来的一缕咖啡豆的醇香。

"好香啊。"姜夏忍不住啧啧称赞。

"哦，对了，楼下有个很不错的咖啡馆。"

她姨妈沉思片刻，迅速拿起话筒。他没想到她对着话筒说话的语气那么谦恭，她问电话中的那个人，是否能马上赶到咖啡馆？姜夏以为她另有约会，便起身告辞。

"你干吗走啊？一块下去喝咖啡呀。"

她一把将他按回到座椅上。又有一些人拥进办公室，姜夏一行人便像被挤出办公室似的，跟她上了楼。省作协在楼上，她姨妈想把他介绍给一位当红的官方诗人。诗人不在，她姨妈便领他们看遗物似的，到处看那人的东西。见了那人压在玻璃台板下的剪报、照片，靠墙的小书架，墙上张贴的个人书法等，姜夏大失所望。姜夏想不通，这位诗坛的老仙女，为什么会被那点人所皆知的常识给迷住？姜夏忍不住地自负起来，不认为那个在报纸上出尽风头的家伙，有成为优秀诗人的任何迹象。面对她姨妈佩服得发木的语气，姜夏只好苦涩地抿嘴一笑。

20

他们到楼下时，电话中的那人，已在靠近玻璃橱窗的桌前等候着。咖啡馆非常小，他们坐在里面感觉说话声音特别大，场面也足够热闹。她姨妈的客人颇引人注目，他剃了个光亮发青的秃瓢，天灵盖竟像斗笠向上尖起，眉毛像女人长的胡须，只有隐隐约约的一点痕迹。她姨妈当面夸他是艺术天才、商业天才。"他长得挺像毕加索。"汤苓悄悄对姜夏说。 那人听天由命地任她唠叨他的那档子事,偶尔会露出自鸣得意的神情。 他身无分文请朋友吃野禽的各种轶闻,让他在地下艺术圈大受欢迎。 他是野禽射箭馆的常客,平时射中野禽会有几分内疚感,他的箭术的确让射箭馆的老板不寒而栗。 所以,他平时去射箭馆不射野禽,只在大大小小的标靶上大出风头。 遇到搞艺术的穷朋友要吃野禽,他才动用自己的一点内疚,当然不是对野禽的内疚,是让老板那天赔钱的内疚。

姜夏觉察到,她姨妈在那人面前很兴奋,她说的话好像是罩在那人头顶的一圈圈光环。 她说他这人至少得用十几个形容词才能把握住。 比如,他向朋友郑重宣布他熬夜想出的类似城雕的立体书法,结果弄得几位搞书法的朋友紧张得彻夜难眠。 他的行踪飘忽不定,消失半年后,上个月他揣着韩国商社的名片突然出现了。 他强烈关注黄河环保,让朋友们大吃一惊。 现在,他流的每滴汗水都饱含着黄河环保的主张和想法。 他摇身一变,带领一个韩国代表团去了宁夏。 他们在"欢迎韩国商务代表团"的横幅下,欣赏一台露天歌舞。 在他看来,那些跳舞的女人全一个样,脸上令人厌烦地扑满了面粉似的脂粉，仍掩饰不住脂粉底下黝黑发亮的肤色。他同情又可怜地看着她们，想起了江南那些白皙的女人，想到黄河环保对宁夏女人来说，是一件多么急迫而重要的事情。

她姨妈给他起了许多好笑的绰号，结果只有"毕加索"被大家接受了。要是他的单身状况不改变，她大概永远会想着如何击败他身边出现的年轻漂亮的女孩。在汤苓饶舌的姨妈面前，姜夏表现得像个乖孩子。他唯一放心不下的，是担心自己当了他俩身旁一盏多余的灯泡。温馨的下午，他们又打起了扑克牌，气氛显得享乐又颓废，似乎在嘲弄整栋楼里紧张的办公气氛。姜夏很快发现，打牌不是一件美差，他无法像他们一样做到聚精会神，屡屡受到了责怪。有几次插牌时，他手忙脚乱，两张牌掉到了地上。他把头伸到桌肚四下找牌时，目光碰到了汤苓和她姨妈裸着的四条秀腿。单从光滑悠长的大腿看，姜夏分辨不出它们的年龄。他神情庄重地朝裙筒里扫了几眼，心里掠过了一丝快乐。他感到在欲望的折磨下，每根神经都浸着颠鸾倒凤的想法。他的脸受寒似的发热起来。

马路斜对面有一个招徕顾客的淡黄色招牌，店名下印着

"美食家的冒险乐园"几个红字。这些招徕顾客的噱头，在石城简直成了商人的摇钱树，百试不爽。这爿店刚开不久，玩心跳的是一道河豚煲。他们打完牌，便拥到这家吃饭。河豚煲上来后，大家刚才快活的劲头不见了，屋里出现了莫名的寂静。离河豚煲最近的姜夏似乎最危险，他知道死去的河豚不会怜悯谁，他假装有什么要与汤苓商量，拖延着筷子俯冲过去的时间。玻璃转盘上，那道河豚煲最后被转到毕加索面前。毕加索意识到这回他非下筷不可了。去雪山冒险似乎还值得，为了名不符实的一道菜冒险，似乎有些愚蠢。据说每年有几百号人，为了得到吃河豚的名声，一命呜呼。围绕着吃河豚，似乎有一股复杂的情结，人与河豚好像较量着谁更无情。毕加索当然不愿给人留下胆怯的印象，这道菜既然关乎个人名誉，那就另当别论了。

毕加索抄起筷子，用要掀翻盘子的力气，夹了非常小的一块河豚肉到嘴里。他边嚼边打趣道，你们还是等一两分钟吧，如果有毒，我马上就有反应了。他的话说得大家有些惭愧，纷纷抄起了筷子。几分钟以后，大家吃得更快了，先前的快活劲头重新回到了屋里。毕加索喝得有点多了，炫耀地谈起与一位山东女孩的关系。"她来了吗？"汤苓姨妈突然发问道。毕加索有点迷糊地回答："来了，来了。""那你干吗不叫她过来呀？"

他被催了眠似的，应命拿起手机与山东女孩通话。不一会儿，山东女孩满身飘香地走进了包间。她的漂亮有点出乎大家的预料，她坐在姜夏和毕加索中间。姜夏留意着两位互不相识的漂亮女人相遇时的气氛。汤苓姨妈设法体贴地与山东女孩搭话，显出一位长者的德行，像是祝贺山东女孩成了他的新娘似的。她露出酒窝，朝他们笑起来，心里也许咒骂着毕加索这个老混蛋。山东女孩涂着厚厚的脂粉，根本不碰一下筷子，身上的香水味把满屋菜味全淹没了。汤苓可怜巴巴地看着她，不知所措，这位山东女孩一眨眼工夫掠走了屋里的全部注意力。三位女人时而交谈，时而沉默，难以掩饰屋里醋意的气氛。汤苓靠上厕所，避免时刻成为山东女孩的陪衬。后来他们一行人又去了酒吧，那种折磨汤苓和她姨妈的气氛，没有一丝好转。

姜夏的心情也不好，他偷偷羡慕着这位个子矮、四肢发达的老男人。毕加索一直在喝啤酒，他龇牙咧嘴地又谈起了韩国女友。他玩世不恭，不知从哪里继承了对女人背信弃义的本性，即使与他做过爱的女人后来下地狱，与他也毫不相干。女人对他的幻觉多着呢,可以不在乎他四处拈花惹草,不在乎颗颗芳心怎样被他揉碎。姜夏不知道自己出了啥毛病,为什么汤苓叽叽喳喳与他谈论的只是婚姻,不像醉醺醺的毕加索身边的那些女人,随时准备为他的性欲作出贡献。姜夏不知道是他的脸还是他的性格,是他的地位还是他的年龄,给女人造成了他这种人只能用于婚姻的可悲印象。

酒吧所在的巷子,到处游荡着暗娼。他们聊到酒吧打烊的时间,才在门口相互道别。汤苓跟姜夏走进了半明半暗的巷子,有几次她被暗娼描得阴森的脸给吓坏了,直往姜夏怀里钻。姜夏红着脸,决定再试一次。他犹犹豫豫抓住了汤苓的手。她的手在学校可是小得出了名的,同时伴随着一个色眯眯的笑话,说一旦受到男性骚扰,如果她狠狠给对方一个嘴巴,对方只会觉得被蚊子蜇了一下。她的手确实只占了他手掌的一半,见她没有丝毫抗拒的意思,他羞愧地笑了。汤苓停下脚步,毫不含糊地盯着姜夏,目光令他透不过气来。

"你,你真的想通了?"

"什么?我还以为你想通了。"

"那,那你还是不可能爱我,对不对?"

"我们能不能不谈爱不爱的?"

汤苓慢吞吞地抽回手,她沮丧地露齿一笑,说,"我,我真的不能那样做,希望你不要生气。"姜夏的手像拐杖一样僵在腋下,显得十分尴尬。他望着汤苓,违心地一个劲儿点着脑袋。

21

教授唯一不能随心所欲的地方是家里。他战战兢兢抱着妻子,心里总是浮着诚惶诚恐的感激。在妻子面前,上了年纪这个事实,越发令他不安。妻子的长发经过焗色卷烫,脸蛋经过新鲜黄瓜的反复贴磨,越发像一个不会衰老的釉面瓷人。他每年有三分之二的时间在外奔波。他认为妻子有越来越强烈的欲望,他不能遂她心愿如期归家,使她变得怒气冲冲,几乎把他吓成了生理有缺陷的人。做那种事前的富有诗意的准备,变成了一场伤透脑筋的考验。他害怕妻子嘲笑他软弱无力,为了让妻子放心,他临时替它找了许多理由。妻子的臀围变成了迷人的三尺,腰围却保持在二尺,这个奇迹的确令他愉快得发抖。他过于圆滚的啤酒肚子,藕节一样的粗短腿，的确衬得他的小东西无地自容。有时她可怜地用手拈起它，似乎在回忆它婚前的雄壮景象。只有他自己清楚，它可以在哪里恢复原状，可以在哪里像团可怕的火焰，"滴答"几秒，周身的血流就汇成了一股气吞山河的洪流。

他选中了实验室的女摄影师。她有一张粗糙的脸，穿着也粗俗不堪，这些令人不快之处，偏偏让他兴高采烈。他时常被妻子吓得哆嗦的手，在女摄影师面前变得灵巧起来。他注意到她在设法讨好他。迎着他时，她神态紧张，语气谦卑，他还等什么呢？一天，他去暗室看她冲洗高速摄影胶片，昏暗的红光挑起了他的情欲，他在显影的间歇下了手。正如他所料，她没有"不"地叫出声来，或礼貌地推开他的手。她的身子哆哆嗦嗦，反倒想取暖似的朝他靠过来。他的手摸到最后，听到黑暗中发出了一阵欢天喜地的欢叫声，最后她被他手上的茧皮弄得皮肤发痒，哈哈大笑起来。她肥胖的身体缺乏腰身，像白傻傻的家蚕，没有丝毫放浪形骸的迹象。在实验室后面的小山坡上，挂满木架的无人靶道里，或通往天线的长满野花的小路尽头，他毫无顾忌地显露出各种性变态的念头。与他妻子相反，每次到最后都是女摄影师筋疲力竭，告饶般地嚷道："饶了我吧，饶了我吧。"

她对他佩服极了，学识渊博不说，也是位出色的情人。她愿意在他面前委曲求全，慌手慌脚，调剂她在家里高高在上的感觉。她的丈夫是位干瘪瘦削的护线专家，长年累月沿着全国各地的电话线奔波。走过一道又一道山脊，穿过一场又一场大风，他常常灰不溜秋地出现在家门口，感觉自己就像一块出土的棺木，黯然无光。他像一位住在城里、天天得去郊外刨地的农民，看着妻子保持着快活的心境，心里越发内疚起来。他对这个家太知足了，对妻子越来越胖的身躯，丝毫不感到担忧。他想象中的生活就是这个样子，至于生活中那些更多的可能性，他想也不愿去想了。气功在国内盛行起来以后，他常常讥讽那是一种迷信。年轻时他习过武术，迷过道教，相信气功是信教不诚者弄的把戏、花架子。可是自打妻子迷上了气功，他就打圆场地要为气功找一种他能接受的说法。他开始相信气功是着眼于心理的武术。谢天谢地，气功给了他妻子越来越快活的心境。

为了赶冲高速摄影胶片，女摄影师每周有一两天住在实验室里。教授和她做那种事的间歇越来越短，也越来越肆无忌惮。她相信教授对她产生了妙不可言的依赖感，她不是一位年老色衰的被压迫者，在教授掀去她的衣服，喘着粗气把她扒得精光时，她是名副其实的占有者。她占有了教授的时间、思绪和身体，一想到同她一起分享教授的，是小她十来岁的艳丽的女人，她就喜笑颜开，扬扬得意。她不敢相信，以实在不怎么样的姿色，她怎么会成为叫人嫉妒的情场老英雄？她努力保持着地下老妾的毫不张扬的身份，令人敬佩地对教授负起了责任。教授做那种事时喜欢哼着有节拍的老歌，曲调把他俩的情绪、思绪尽往夜空的云霄升华，使他俩暂时忘记了享乐的危险。

22

一天，她晨起洗脸刷牙，突然感到一阵恶心，她瘫软无力地一下跪倒在马桶边上，吐了个净光。当时，她丈夫坐在卫生间门外的客厅里，着实吓了她一大跳。她意识到自己怀孕了。从卫生间出来时，丈夫斜眼瞅她，好在他一向粗心大意，相信了她的解释，把怀孕引起的呕吐，当成了胃酸引起的呕吐。教授正在北京出差，得到消息，慌了神，连夜赶回石城。他们一同回忆起上个月的某个夜晚，教授没有戴避孕套。他的手机里储存着她来月经的详细日期。这位喜好玩弄数字的人，却对一本从地摊买来的避孕手册中的数字，笃信不疑。他向她宣扬，采用自然避孕法可以使他们的乐趣倍增。教授在实验室里踱着步子，恶狠狠地瞪着那本盗版的《自然避孕法》。他愤愤不平地嘀咕，写这本小册子的家伙，怎么可以拿这么大的事开玩笑？他明明是在小册子声称的安全期内行事的。女摄影师穿了件更肥大的工作外套，以掩饰她原本就朝外凸的肚子。她镇定地考虑了一会，想到一个方案。她决定到乡下的卫生所去打胎，在无人认识的乡下小镇休息几天，再返回石城。教授只需利用威信，给她一次似是而非的出差机会。

一个工作日的上午，她毫无怨言地一人去了邻省的乡下。那个乡镇医院的医生砰一声关上手术室房门时，她才意识到她们的蔑视。手术台上到处都是洗褪色的污斑，她躺在上面全然不知医生要干什么。以前她丈夫是一位执拗的求爱者，给她写过许多夸张的情书，那些情书一点也不像教授的话，能刺激她的感官。如花似锦的情书，确实没有他想要掩饰的性欲陷阱。她只需向他展示理解，无需展示身体，他便会为她发疯地做一切。一阵胀痛的叫喊后，她理解了在这种年龄搞上身孕的疯狂。她注视着墙上跳动的秒针，希望它跳得快些,哀求它再快些。 令人绝望的疼痛,让她忘了她这个年龄的尊严。 她扭动着身躯,难受地呻吟着。 和她一起做人流的,还有一位年轻女孩,女孩的衣服领口开得很低,露出像是烟头烫出的一个黑圆疤,同她并排躺在另一张手术台上。 女孩的表情麻木,动作熟练,身体应和着机器的节拍和需要。 与她自知有罪、焦虑不安不同,女孩完全是一副听天由命的样子,两条腿懒懒地叉开在机器的两边。

该死的机器终于停了。 她晕晕乎乎地从手术台上爬起来。 医生二话不说,哧一声拉开窗帘,一束阳光刺目地照到她伤感的脸上。 她实在羡慕那位女孩,女孩跌跌撞撞地一出门,就被守在门外的毛头小伙一把搂住了,直搂得女孩咳嗽起来。 以后几天,她几乎一动不动地躺在旅馆里,真希望身边有个人能喋喋不休,跟她说说话。 经历了年轻姑娘的肉体惯常经受的痛苦后,她认识到以前对年轻女人的嫉妒,是多么不应该。 接连几天,教授没有打来电话,也许他正按照笔记本中的工作流程图,忙得不可开交。 温暖的被窝里,她的手脚冰得如同冰箱里的冻肉。 她气得直骂自己,在昏暗的光线中,盼着教授能出人意料地到来。 她伸出舌头舔着起皮的嘴唇,想到了自己的粗心大意。 这时,她才感到一位年老色衰的女人，失去的不只是关爱，也失去了承受感情起伏的能力。

　　回家的路途没有给她留下好印象，她感觉自己一路在逃难，到家后，一团糟的心情才有所缓解。家里的一切似乎还像往常，没什么变化，但给她脚踏实地的印象。一张以前没有多少感觉的夫妻合照，现在给了她温馨之感。在镜子面前，她把头发从齿白的脖子后面慢慢撩起，这个缓慢的动作，让她觉察到了自己带给丈夫的细微的快乐。她的心里慢慢浮起一个可怕的想法：丈夫是她的俘虏，她是教授的俘虏，教授是那位艳丽女人的俘虏，那位艳丽女人呢，当之无愧成了无冕女皇。她弯下腰，霍然觉得脊椎僵直。流产以来，她的腰已大不如从前。扫地做饭时，她常常要用手撑着腰，停住不动。她丈夫的黑胶唱片保养得不错，她开始喜欢一个人听肖邦的钢琴曲。有时她清清嗓子，滞后小半个节拍跟着哼曲调。音乐声中，她时常遐想，她与丈夫、与教授的一切是如何开始的，又将如何结束。她意识到，事情一旦败露，或婚姻解体，她就像摔坏了股骨的老人，将成为别人避之唯恐不及的包袱。到那时，凭她的劣等姿色和年龄，她满大街到哪里去找人成家，或受人青睐呢？

23

教授的名声越大，出差也越频繁，自命不凡的表情覆盖了满是浮肉的脸。每个月他都要设法在夜间一两次窜到实验室，让女摄影师彬彬有礼地接受他的凌辱。后来，他干脆用粗大的拇指做一切，他像位考古学家，要尽可能地探索洞穴里的一切。他不知道女摄影师正在经受精神危机，他们之间时常出现令人尴尬又意味深长的沉默。

有一次，教授把自己脱光后，她站着不动，推开了那双急不可耐的手。她不像往常那样准备关灯，以掩饰自己不太自然的表情。教授被自己的无知惊呆了，眼睁睁看着她向自己摊牌。"我们结束吧，我不能再这样鬼混下去了。"教授像剥了橘皮的橘瓣一样感到无助，他听懂了似的，郑重其事点点头，但没真正理解她说的话。后来几个月，他总想让女摄影师回心转意。想把她的眼睛、皮肤，甚至身上的赘肉说得好看些，说得她飘然欲仙。想让她注意到，满头银发的他又取得了哪些成功。他甚至塞项链给她，但她无动于衷，眼睛始终不看他，用沉默示意他还是离去为好。他第一次栽倒在他不爱的女人身上，这是他最不能接受的。在他眼里，这场性游戏演变成了一场面子和荣誉之战。

在接下来的一场校内学术报告会上，姜夏代表教授发了言。教授心情不好，带着老婆去了北戴河。在海边的滑沙运动中，他打起了喷嚏。最近，他的身体老有些不适，很久以前折磨他的皮肤瘙痒症又出现了，他时常夜间睡不着，脊背上直冒冷汗。海边的夜晚，风又大又冷，妻子估计他犯了风湿病，决定晚上足不出户。在安静得令人敬畏的宾馆，妻子心里装着各种浪漫的想法。她关掉了屋里的所有灯，让小山那边一座有百年历史的灯塔，把他们彻底迷住。

妻子由于兴奋满脸绯红，她希望体验夫妻间相互行恶的快乐。一双手一点点剥去了教授的衣服。这些衣服品位上乘，全是百世吉、宾奴等牌子，由妻子亲自购买。他不喜欢在妻子面前脱掉它们，他身体怯弱的真相需要这些华贵衣服的遮挡。别有风情的妻子，这时全神贯注于他的身体，期待两个人有出人意料的举动。她把他揽到自己跟前，没有觉察到已经带给丈夫的心理压力。他把脊背生硬地往后挺着，没话找话地拖延着时间。他粗重的喘气声不表明已经准备就绪，相反，他为准备时间过长，感到极度担忧。

24

  教授善于利用姜夏的热情。他有两天卧床不起,把姜夏叫到自己家里。那天,他让师母亲自跑来找姜夏。她从没来过这栋摇摇欲坠的旧楼房,她一脸惊讶地发现,一楼洗浴间的玻璃全被砸碎了,楼边大道上来往的路人,可以毫无遮拦地看到洗浴间里面。她当然想不到,从二楼半的窗户朝下看,洗浴间的顶棚上还有两个天窗似的大窟窿。

  姜夏的屋里站着几位楼里的年轻人,看着师母雅致的风韵,眼睛有些发呆。师母好奇地注视着他们,无法理解,到了夏天,这帮单身汉会一天几次,一丝不挂地对着路人洗澡。是的,那会是一个怎样富于想象力的夏天啊!整栋楼的年轻男人的胴体,沐浴在路人好奇或羞怯的目光中。她奇怪,他们如何受得了?但他们丝毫不把蜂窝似的洗浴间放在心上,面对她多余的担忧,他们若无其事地回答,大家都习惯了,不觉得有什么不妥的。

  那天晚上,姜夏刚从教授家回来,便被这帮平时喜欢挖苦人的楼友围住了。他们的眼睛第一次这么严肃地看着他,用近乎崇拜的语气谈论起他的师母。他们平常谈话轻佻惯了，难得营造出这么郑重其事的氛围。在他们的印象中，一位女人到了这种年龄，早已失去了让男人紧张的魅力。时光飞逝，这位女人的皮肤依然珍珠般光亮，好像对男人的挑剔有了免疫力。他们毫不掩饰地谈论她的脸蛋、身段、皮肤，把自己的欲望和对她的印象糅和在一起。姜夏成了众矢之的。他们嘲讽姜夏郁郁寡欢，是因为得了对师母的相思病。他们假心假意地安慰他，谁碰上这样的师母，想一想老师对她的所作所为，谁都会忧郁得要死。

25

有时，教授的确铁石心肠。他父亲去世时，他抱怨忙得脱不开身，去邮局给母亲汇了一笔安葬费。过了很长时间，有天他坐在实验室，听女摄影师放一首歌曲，才脸红了一阵。他忽然意识到父亲的一生是多么艰辛，歌词一刻不停地撞击着他的心扉。那晚，他怀着对父亲的内疚，破天荒地没有同女摄影师做爱。翌日清晨，他脸上自责的神情消失了，面对众人的阿谀奉承，和自己与众不同的地位，他很快摆脱了愧疚的情绪。

教授在教研室的小仓库里,藏了一辆本田摩托车,这件事众所周知,大概只有他的家人被蒙在鼓里。谁也窥探不出他藏车的意图。在飘满机油味的仓库里,教授小心翼翼地加装新型的工具箱,其实他在为一次浪漫又冒险的旅行做准备。他有生以来第一次弄上了一位女弟子,这个秘密隐藏在他泰然自若的面孔后面。有时他一人到仓库,会为这个意想不到的成功笑出声来。那位在他面前十分窘促的女弟子,头发微黄,脸蛋充满稚气。教授宣布下课后,她常常拿着一本厚书来找他。她顺从、忍辱负重的神情,引起了教授的注意。她按照教授的提示思考问题时,会用手把一头短发弄得凌乱不堪。

教授从伸手拍她的头,到伸手拍她的屁股,用了整整五周。这五周教授食不香、卧不安,不时还得忍受妻子的耻笑。他出击的动作显然比女弟子的思维敏捷,她还没来得及拒绝,想得清楚一些,身体已经被他压住了……以后她严格按照教授的规矩行事。每隔一段时间,她会到教授指定的地点露面。教授不需要她的日子,她会一丝不苟地维护自己对教授的忠诚,频频抵御形形色色的求爱者对她的疯狂追求。

她从来不指望有朝一日和教授一起生活。教授来了，对她来说就是春天降临。她当然不知道教授的平庸，做完爱，她就变成了教授眼里的冬天。她像四季一样，在教授的眼里快速变幻着。她甚至不知道，教授用视线在她腰际划了一条横线，认为横线以下是火热的夏天，横线以上是寒冷的冬天，因为她过小的乳房，教授曾经心凉半截。

　　女弟子有些奇怪，教授做起爱来没有丝毫的教养。做爱前，他用令人敬畏的语气许诺，在涨水的夏天，他将带她去江西美丽又偏僻的婺源旅行。他把话说得令她心儿颤抖，她仿佛感觉到了那片像她的身子一样起伏的山地，仿佛用鼻子吸到了那里清新的空气。他去买那辆本田新型摩托车时，特地定购了一副挡风玻璃，一个折叠式的小帐篷。他准备好了风餐露宿该带的必要物品。每隔一段时间，他就去仓库，把摩托车擦得闪闪发亮，好像明天就要出发一样。他怀念婺源地区朴实的民风，以前他和女摄影师去过一次，发现那里家家户户都不上锁。回来后，他便思忖要买一辆摩托车，他想带上老情人，在婺源兜风，风餐露宿。他知道在婺源地区这样旅行，既安全又惬意。丰腴圆滚的女摄影师，带着怨气离开了他，当然也离开了他的冒险计划。他把对女摄影师说过的话，又格外动人地在女弟子耳边不断复述，几乎成了每次做爱前的开场白。

26

给姜夏介绍对象的人实在太多了，没什么特别理由，他一般会拒绝，除非……谁知道呢，他还指望能找到像师母那样美艳的女人吗？有段时间，他松了口，乖乖让媒人领着到各个场所，一个月见了八位女孩。他母亲得知这个消息后异常兴奋，寄来了一封罕见的长信，唠唠叨叨让他抓住人生的这个大机会。她把联姻看作大机会是无可厚非的。家乡那边的人都这么干，瘸腿的富商娶年轻漂亮的女孩，或有才干的穷小子娶富商或官家的女孩。这样组合的家庭也许平庸，但大家相信会是幸福的。这次相亲差点让姜夏结了婚。那时，他刚与汤苓脱离纠缠。他被一位女同事说动了心，跟着媒人，穿过吵吵嚷嚷的居民区，来到靠近铁路的女方媒人家里。那天，屋里坐着一屋人。女孩身材苗条，穿着连衣裙，小嘴向后抿着，眼睛又大又圆。她看人时，是一脸无辜的神情。她母亲胖得没了腰，与女儿唯一相同的是小嘴和眼睛。她好像为女儿长大了既高兴又害怕。胖母亲的眼睛探照灯一样打量着姜夏。也许他身上散发的书生气让她们有些喜欢，或者说他看起来比较顺眼，她们紧张得一言不发，等他表态。他对自己都缺乏认识，更不可能当面表态了，他虚伪地不看女孩，只盯着那位杜撰中的岳母。不一会儿，媒人霍然站起来，向女方媒人招了招手，两人跑到门外嘀咕了一阵。回来时他们郑重宣布，这次相亲见面到此为止，大家回去听候消息。回去的路上，突然下起了阵雨，他和媒人狼狈地躲到杂货店的屋檐下。因为一时走不了，媒人又催他表态。他的想法其实像这时的天空，混浊不清。最后他说，让我再考虑两天，就两天，好吗？

他和女孩再次见面是一个月以后。那是一个中雨之夜，出门时他撑着一把黑绸伞，咒骂个不停，因为约会时间无法更改了。他的话经两位媒人和女孩母亲的传递，到女孩耳朵里，少说也要一天工夫。那天，她没穿高跟鞋，薄薄的鞋底能感到地面的凉气。他蹬着一双防雨高筒胶鞋，显得比上次见面还要高，害得女孩拼命挺胸伸脖子的，想给他留下不矮的印象。整条大道只听见啪嗒啪嗒的雨珠子的落地声，不断从梧桐树上落下更大的雨滴，把黑绸伞打得嘭嘭作响。对女孩来说，一切都非常简单。读书，毕业，落实工作，之后便需要一位男人来驾驭她的身心。她想听从这位男人见多识广的教诲，当然如果到不了结婚的份儿上，他是休想占到便宜的。母亲在她背后发号施令，免得她做蠢事。地上到处都是黏糊糊的黄叶。他本想快些谈完，早点回去，但她努力探身向前，生怕漏掉他说的每句话，连他微不足道的叹气，都会引来她分外温柔的微笑。在她面前，他感到了自己的男子气概，他简直像独白，这种独白带给了他实实在在的快乐。他当然不知道他们沿着大道走了几个来回，但谦虚的女孩心里有数，不时在小水坑前把他轻轻地拉到旁边。他继续唠叨个没完，甚至有些扬扬得意。分手前他不小心差点踩折女孩的脚趾，她涨红着脸，连声说没事没事，然后吸足了气，慎重地问他愿不愿意再见面，他还沉浸在女孩纵容他说话的快乐中，认定这是一位没有被家长宠坏的女孩。他点点头算是答应。女孩内心一阵狂喜，又鼓足勇气问他要了电话号码。

姜夏喜欢这位女孩围着他转。她开始到他宿舍搜罗他的脏衣服，然后洗得干干净净，熨得平平展展。她有些厌烦母亲的管制了，因为母亲把每个男人都看成疑点重重的人，他们天生没有做善行的本分。偶尔，为了不受禁令束缚，她只好对母亲撒些小谎。有好几次夜间,她跟他去了实验室后面的小树林。他笨拙地解开了她的衣扣,她的皮肤有点粗糙,但他毕竟是第一次触摸到异性的身体。他惊讶自己过去的无知。当然,她只让他的手在她身上逗留一会,关键时候会把它轻轻地推开。有一次在黑黢黢的树林中,他们发现了实验室里的异常。套着灯罩的台灯,把微弱的光线投到窗户上。他们好奇地摸索到窗前,屏住呼吸目睹了一切。教授和女摄影师正在幽会,他们毫无遮拦的放肆动作,差点让两位年轻人窒息。对女孩来说,这堂性教育课上得太猛,她一时受不了。教授不时哼着老掉牙的曲子,摄影师则持续地发出一种凄切哀婉的叫声。姜夏最初兴奋得不敢吱声,心儿嗵嗵乱跳,后来他想起了师母,又感到揪心的难受。他暗暗为师母叫屈,打抱不平。他惊讶那位肥胖的女摄影师,有个凸得要坠挂下来的腰肚。那会儿,她像条白肥肥的虫子,在老教授身下拼命蠕动着。姜夏无法理解,教授为什么把她当尤物?有好长时间,姜夏见了教授都不自在。他宁愿相信,是他姜夏弄错了,有了师母这样的女人,教授绝不会允许这么丑的女人投进自己的怀抱,尤其是受到姜夏嘲笑的女人。这位女摄影师虎背熊腰,见了领导声音却嗲得令人难受。她把自己的办公室布置得像间小咖啡店，不惜从家里搬来全套的咖啡器具。以前姜夏不理解，她成天捣鼓这些黑色的咖啡豆，只是为了让自己彻夜失眠？谁会想到她是暗中为教授准备的。教授甚至迷信，咖啡或多或少有壮阳的作用。有一次，女摄影师要给姜夏介绍对象，他婉言谢绝了。没听说挑对象还要先挑媒人，但姜夏可能是对的，因为媒人介绍什么样的女孩给他，肯定离不开媒人浑身上下的趣味。直到教授和女摄影师的事被人抖搂出来，姜夏心头的这点怨愤才彻底平息。

他和女孩的关系勉强挨过了秋天。当女孩提出和他结婚，他才意识到事情的严重。他比谁都清楚，自己在这场恋爱中没有投入感情。没错，他曾说过甜蜜的话，听上去简直可以把冻梨暖开。他夸她是专门为他盛开的玫瑰。她别无他言，忘了母亲的禁令，欣喜地为他宽衣解带，胆子大得忘乎所以。对性爱之事，她谈不上有什么感觉，为了让他销魂荡魄，她甚至愿意装模作样地呻吟。干完那事，其实他心里空荡荡的，又忧伤起来。他觉得性欲把他变愚蠢了，或者说变得受制于人，他再精明似乎也无力扭转已经被动的局面。喜庆之日，他不得不去准岳母家送上一些食品，虚假的祝词像水蜜桃似的甜蜜滋润。女孩家的人都扯着大嗓门和他说话，让他注意到他们是一个大家族，人多势众，无论他办什么事，都可以指望得到各方亲戚的协助。当然，把这些话反过来理解，他的心情就不那么舒畅了。如果有朝一日，他对不起女孩，那些无所不在的亲戚都会成为他的死敌，报复起来，他能捡回一条性命，就算不错了。

姜夏毫无思想准备，只是试着提出两人结婚不太合适。很快他被她的反应吓坏了。她痛哭流涕，说如果分了手，父母也罢，前途也罢，她都顾不上了，就是再孝敬依恋家人，她也要去自杀。她紧紧攥住姜夏的衣袖，哭得死去活来。姜夏怕真的出事，只好语气冰凉地收回刚才说的话。他使劲把她从石凳上拖起来，好话说尽，然后把她送回家。他意识到这种事不像换件衬衣那么容易，深感在性欲的指引下，他已经铸成大错。

27

曾经有个时期，谁也没留意到教授在河边投下的孤独的身影。那年，他的妻子去过一趟香港，回来后便嘲笑他的只能看不能说的英语。那时，没人注意到他突然不哼陈年老曲了。 他的妻子晚上辗转反侧,早晨睡眼惺忪地爬起来,一反过去晨起梳妆打扮的习惯。 她的样子慵困倦乏,却冷不丁向他提出了离婚。 她把好看的薄嘴都咧得歪斜了,脸上透出让教授寒骨的冷漠。 他低三下四,用圆滚的手去拉她的手,不料遭到了嫌弃。 她嫌他的手笨拙、难看,再也撼动不了她的心灵。 他捂着胸口,不知道老婆其实另有所爱。 她嘶哑的声音说得他脸色苍白,说出了多年积压心底的厌烦。

没错,她已经不在乎石城了,她在乎的是香港,那个俗气又令她开心的香港! 那里似乎蛰伏着一个轻举妄动的男人圈。 她到香港还来不及唾弃什么,就同港大的慎教授好上了。 多年来,慎教授做着寻觅人高马大的北方妹的美梦,终于做成了,从此他可以不把时间花在《性史》之类的闲书上。 他神气十足地拿出信用卡,发疯地到处为她结账。 他带她游山玩水,购物吃饭。 结账的单据她看都不敢看,反正是她付不起的。 她带去的几套衣服,颜色款式显得古旧,成了慎教授眼里的破旧衣服。 他慷慨解囊,为她购置了够档次的华服。 这些精美的衣服,像酒一样使她酩酊大醉,她的眼珠子哪里还有心思从他的脸上移开,揣摩应对的策略呢? 这时慎教授的秃脑袋已经惹得她怪喜爱的。 为了她纤细秀丽的手指不弄变形，他什么活都抢着干。他的领口永远紧扣着，衣服、裤子熨得平整又有气派，就是做爱，他也表现出一丝不苟的斯文劲。他们腾出整天时间，去各处旅店做那种事。他一直自认除了是学者，还是位不错的小说家。他的小说专门写过这类到旅店偷情的题材，为了体验这种生活，他带老婆去过许多旅店。

慎教授做那种事并不合她胃口，他慢悠悠的，绵软无力，有时她一觉醒来，他还在她身上忙碌着，把脸弄得煞白可怕。她丈夫腰膀滚圆，像头高大的北极熊，慎教授呢，简直就是瘦小的马来人，似乎戴上假发，才能看出他的学者面貌。他自夸为香港中学编过教材，至今还在使用。也许他更适合编那些销魂荡魄的教材。他会门窗紧闭，数小时地坐在旅店的豪华浴盆中，想方设法与她寻欢作乐。那段时间，慎教授忙坏了，成天与她纠缠不说，回到家还要应付其貌不扬的老婆。他的老婆上了年纪，典型的老妇模样，脸上黯淡无光，遍布皱褶，只有扑簌簌的泪水晶莹透亮。也许她嗅到了他嘴里的异味，或他皮肤上残留的甜味，或她未敢搽抹过的刺鼻的巴黎香水味。反正她抑制着情绪的激动，为了不吵架，只好把头伸到哗哗淌水的水龙头底下。她说不准他什么时候会回家，对她的哭泣，他显得心不在焉，脑海里塞满了北方妹的齿白发亮的身体。

他本不信佛，偏去寺庙烧了香。 他趴在软垫上，照着别人的样子磕了三下头，感谢老天爷成全了他的心愿。 他下了改弦更张的主意，要在她返回内地前，得到她离婚的承诺。 这位高挑的女人，可不要这些祈祷，难道是这些祈祷，才让他僭越了世间的道德？ 遇到她锁眉沉思，他与她丈夫倒有些相像，额头会因为紧张渗出细密的汗珠，样子显得愚蠢。 她走在街上高视阔步的样子，令他眩目，一辈子都不能忘怀。 她的笑容时常消失得飞快，老是让他胆战心惊的。 她多情又会说话的双眼皮，这时不停眨巴着，释放出一团纱似的雾气。 他的心脏快承受不住了，他不敢相信她嘻嘻哈哈、随随便便抛给他的几句离婚诺言。 说她爱上了他，要和他结婚，为了证明这点，她一遍遍把骄傲的唇印，公章般盖在他肥厚的肚皮上。 两人完事后，这一位使劲叹气，那一位咯咯发笑，嘴里还不停地嚼着口香糖，像要赶紧除去他的口臭似的。 到了这份儿上，慎教授仍不敢相信她不是逢场作戏，不管她是不是撒谎，他一股脑儿让她带上了所有的贵重礼物。

临行的前一天，他脖子上挂着相机来找她。 他像脖子上挂着听诊器似的,在她身上照来照去,力图留下一些写真照片。 他让她垂下有些自来卷的长发,微微遮着脸和身子,拍下了开怀露身的风姿。 她不在乎窗帘是敞开的,阳光从上到下把她整个照亮了。"你看上去真不错。"他对拍的效果心里有数。 她偎在椅子旁边,又和他拍了合照。 他衣冠楚楚,该穿的衣服都穿上了。 她呢,该穿的衣服都没穿上。这么说吧,这位稀有的女人万一不回来,他还拥有这些稀有的照片。 他把两眼瞪得都露出了上缘的眼白,唆使她摆出各种刺激他的姿势。 的确,他没有别的方法能挽留那肉欲的欢乐了。

"你真坏。"

"哪要你长得这么漂亮呢?"他边拍边示意她再放开些。

"你老婆不也挺漂亮的吗?"

"她那么难看,哪能跟你比呀?"

"骗人,我看是你自己变坏了。"

慎教授不好意思地笑了,"放心,将来我一定会好好做你的丈夫。"他热得敞开衣襟,弯腰坐下来,这回他不再像个老色鬼,把注意力投向她起伏的身体。 他轻柔地抓住她的手,让她再说一遍她的诺言。 也许过于心诚,有几滴银链似的泪珠子垂挂在他的脸颊上。

28

她打趣地说，她是公开的小偷。她把所有包都打开来给丈夫看。她在香港收获的礼物琳琅满目，首饰、鞋子、套装、内衣等，明显超出了需要。丈夫虽然暗暗妒忌，显然没有看出这些礼物后面其实藏着大阴谋。有很长时间，他没有觉察到和她做爱时，她的草率与敷衍。他以为她开始懂得体谅他的难言之隐了。直到有天，他用手摸索她的身体时，发现她不情愿地向后僵挺着脊背，他暗暗吃了一惊。没过几天，她的脸相彻底变了，脸上像有大块的浮冰在巡弋。他打开药瓶，吃下安眠药还是睡不着。她的凶相确实点石成金，让他这位傲慢的老江湖，变得低三下四，胡子拉碴，脸上添了不少皱纹。香港的慎教授呢，自打她离开后无法像风月老手般洒脱了，他没事在校园兜圈子，无聊地打着饱嗝，不时仰着头像在和云朵说话，盘算她几时能回香港。石城的齐教授整天衣衫不整，趁她不在，便偷偷去闻她残留在衣柜里的衣服上的气味。他走路已经抬不起脚跟，样子无精打采。

是啊，只需想想他们过去躺在床上，或走在路上的那么多的乐趣，他怎么能做好离婚的思想准备呢？

丈夫的劝告像一把锁，想把她重新锁进婚姻里。他的叹气在她听来就像炸雷，响得实在过分，好像那口气里憋着多大的冤屈似的。他不像慎教授，会斯文地慢慢吐气，呻吟似的叹气像含着果酸味的干红葡萄酒，令她回味无穷。记得刚结婚那会儿，她和别人深恋着同样的东西。和丈夫在一起就是烧一壶水，也觉得其乐无穷。月亮钻进了厚密的云层，她也不觉得黑暗。是啊，有了地位稳固的丈夫，就像行路有了路灯，她昏暗的前程被照得透亮。慎教授尽管有点秃，门齿又镶了一颗金牙，但现在他成了比路灯更高的灯塔，又将照亮她的前程。当然这个隐秘的理由她不便说出。她一会儿举出一个离婚理由，乱七八糟，直把丈夫的脸说得灰不溜秋的。以后几天，她颇有做人的原则，执意不跟丈夫同床。她相信自己身上那只欲望的苍蝇，终于可以暂时飞开了。她上卫生间会悄无声息地拴上门，把他当贼防。晚上，即使睡到书房的行军床上，她仍警惕着门外的一举一动。她的脑袋不是不习惯没有肩膀枕靠吗？她不是习惯闻着汗湿淋淋的狐臭入睡吗？她是否有兴趣让他闯进来，哪怕是最后一次？

读者，我告诉你吧，他俩这次都没有机会了。就算他在门外呼哧呼哧喘着气，挨到屋里洒满晨曦，他也不会闯进去了。她的那些离婚的狠话，让他的傲慢消失了，把这位好色之徒变成了爱情的信徒。他凝视着镜子开始反省自己，发现这么多年来他没有学会笑，笑的时候，还不如一具蜡像的脸生动。

他既不怪她没心没肺，又不会照她的吩咐去做。午睡起来，他就宽容地看她使劲抖着怀疑被他坐过的床单。她跟他说话时，唾沫和香烟星儿一起飞溅到他的身上。他垂头丧气，倔强地用徒劳的好话来阻挡，然后试着去帮她折叠晒干的衣服。他的女神打呵欠了，他就为她煮上一杯咖啡。事实上他已没动听的话可说了，她边听边把两腿夹得更紧，好像他始终是个不怀好意的强奸犯。家里的气氛很适合让他号啕大哭，唤起种种生病的需要，但他克服了。他知道，这时他不能粗心大意，只能把家务事做得更漂亮。他知道在那些不起眼的家务事里，其实藏着女人最纤细敏感的神经。她不介意每顿饭都谈到离婚，说的时候，脸上有种冷酷的美，又辅以坚定有力的手势。他听的耐心虽然大得吓人，心里还是不信，怀疑她受到了那些无聊女友的支使。他说了成箩筐的好话还是不管用,那就沉默,沉默地忍受冷笑、挖苦和嘲讽,的确有点不屈不挠。 她没辙了,有几次差点把真相说出口。 她的眉毛越挑越高,话却越说越没了气势。

29

出了校门,左拐走到一条壕沟边,就望见缀满瓷片的两层楼的区法院。 区法官办公像戴着防滑手套似的,一沓一沓翻着卷宗,很快便厌烦了。 他把卷宗一本本收捡起来,然后边低声咒骂,边对秘书表示,等处理完了电厂的事,他要把这些上诉通通驳回。 那天下午,他召集了一帮人去郊外,查封一家公司的财产。 他前脚出门,师母后脚就进来了。 秘书像一匹卸了货的马,顿时浑身感到轻松,她自认能干,难免要为进来的女人做一回主。 秘书的睫毛像伪装用的草披,竭力挡着瞳仁,难怪别人难以看透她的心思。 她安排来人坐在牛皮高靠背椅上,谈话的气氛始终融洽友好。 大概从师母的眼神里,秘书觉察出她竭力贬低丈夫,试图把他描绘成石头一样的枯燥人物。 秘书突然正色地表示,离婚不只是两个人的事情。 此刻秘书一定感到了教授的痛楚,一股道德的压力从她的脑际冲向了周身，催促她要保住这个家庭。秘书说离婚不是随随便便的事，一何伤灵，要慎之又慎呀！她不厌其烦又说了一堆大道理，"你要想想清楚，你离婚以后怎么生活，周围的人会怎么看你？"秘书明确告诉她，就算达成协议离婚，法院也要强迫执行调解。调解你懂吗？就是在双方领导陪同下，谈一谈为什么要离婚，一起尝试和解的可能。

这次去法院，让她头脑有点清醒了，婚姻法当然是保护婚姻的，不是为了保护对婚外情想入非非的人。就是在那天，教授骑车去了一趟银行。他第一次显得那么虚弱，怕工资卡上的那点钱，被列入法院要分割的财产。老婆看样子是要走了，他只好把最后的目光投向金钱。他忘我地迎着风，像一顶岌岌可危的帽子，随时可能坠到地上。他的心简直像封上井盖的窨井，漆黑阴湿，被痛苦扭曲的脸上，还偷偷挂着泪痕。他眯眼朝前看，似乎想看清自己的前程。按照婚姻法，他将失去一半财产；按情感规律，老婆弃他而去，只会更加激发他的爱意。路上，他无法把目光融进两边鲜艳的花坛中，老想着自己遭受的这个教训，以及已经一曲终了的美妙生活。他们在床上做过的那些事，一丝痕迹也没留下，她轻而易举就忘记了。那些欢欣的蛛丝马迹的气息，他倒要到她冰冷的首饰、衣物中去寻找。他唏嘘不已地踩着脚镫，眼睛似是而非地看着前方。突然，车头往下一沉，碰上硬物又弹了起来，然后重重地倒向一边。等他伸出右脚来撑地，已无济于事。他连车带人狠狠摔在水泥地上。三十米开外，有一群人正在聊天，见状马上围拢过来。"我这是怎么了？"起初他不觉得哪里疼痛，以为自己能站起来。很快发现，他根本动弹不了。到了医院，大家才意识到他伤得不轻，他把股骨颈摔坏了。

　　从法院出来，教授老婆的脸既娇冶又沮丧，不过她很快想好了对策。回到家里，邻居跑来告诉她这个坏消息，她气得一声不吭，马上皱着眉头往医院赶。乱风吹动的秀发，像往日一样亮洁、飘逸，但遮挡不住她脸上的恼怒。他偏偏在这个时候节外生枝，不是明摆着想把她拖住吗？也许潜意识中，他早就想结结实实地摔上一跤，摔得她心回意转。他打满石膏的下半身，的确让人怜悯。疼痛的间歇，他试图说上一两句话。屋里住着两位病人，两张铁床只相距一米，已经算优待了。空气中始终飘着外科医生自鸣得意配制的土药的鱼腥味。他直挺挺地躺在铁床上，好像已经成了铁床的一部分。除了说话、吃饭、做噩梦,他再也不能为自己做点什么。拉屎撒尿、擦身刮须,总之,一切都要别人来料理。这是她从未有过的黑暗时期。他时常斜眼瞅她,巴望从她稍微松懈的表情中,瞥见未来的一丝希望。有时他真希望她朱颜衰败,比如光滑的脖子布满皱褶……可是他耳边动不动就响起她生硬的嗓音,"你到底吃不吃呀?"他刚张开嘴,一满勺饭就搋了进来。他慌里慌张,不知道该用怎样的表情、话语,让她那对高扬的怒眉平伏下来。

她对医院列出的各种注意事项,越来越不耐烦。这场劳役似乎绵绵无尽。有时她低头洗涮痰盂,不禁心头一惊,有了紧迫感,好像有不少漂亮女人已经在慎教授那边排长队了。最后,是医院附近过往的火车,一阵阵的汽笛声,一团团的白腾腾的气雾,让她铁了心地要吐出心中的那口怨气。

30

河水飞快地上涨,夏天快到了。再过六个小时,她就要离开石城。只要天气晴朗,她就不必为乘飞机感到担忧。想到八小时后,她会安稳地降到深圳,她连肚子饿也感觉不到了。除了钱,她决定什么都不带,就像从地狱直接去天堂似的。她满脸绯红地给丈夫的教研室去了电话,无需煞费苦心,她的心就淌出了同情。她的声音急促、不安,让对方感到蹊跷。她咧着嘴,咬牙切齿,说这个病人现在我移交给你们了。她自认是位讲原则的人,既然要分手,她就不能老守在他的病榻前。她自认好管闲事,没一走了之,硬是厚着脸皮为他的着落想法子。当然喽,教研室怎么能不开节奏慢悠的老式会议呢?动辄就自我批评的书记,当然不会袖手旁观,他会用悲愤的表情,渲染教授遇到的危机,和她的背信弃义。其他人当然像受了侮辱,会轮番表态,哪怕被整得够呛,他们也要去教授的病榻前帮上一把。打这个电话时,她显得很委屈,仿佛教授的伤病亵渎了她操守严谨的良妇身份似的,神情当然会有些歉疚。为了改变自己那几声沉闷的干咳,接下来,她给慎教授去了电话。她嘤嘤软语,身体慵懒地倾俯在桌面上,就像倾俯在慎教授纸般薄的胸脯上。她带上署有她姓名的存折,去了机场。他们约定在深圳见面。她几乎是偷偷摸摸溜出学校的,不管碰见谁,她都有些低三下四的,心里却解脱得要死。

她比慎教授先到深圳,在罗湖附近租了一套公寓。慎教授和她隔着海关，就像隔着一个大洋。 为了过罗湖海关，他花了两个多小时，过关的长队老是纹丝不动，让他等得头晕眼花。 到了公寓，他面色惨白，吓了她一跳。 吃完晚饭，他才面红耳赤起来。 她好像没有觉察到他围在她身边转悠的意味，劝她别擦这擦那了。 那一会儿，那个盼了她许久的小东西，甚至连他的细汗毛都竖了起来。 那天上午，他还给大学生声嘶力竭地讲了四节课，快把他的阳气消耗殆尽了。 见到她穿着短小的睡衣，衣摆只垂到大腿根，他竟情不自禁，一点点亢奋起来。 他整夜不让她休息，像一只疲惫不堪的老海鸟，摇摇欲坠，一次次俯冲到海面，用不太灵巧的僵老的双翅，使劲拍打着身下起伏不定的白浪。 他喜欢深圳静谧的深夜，除了他自己弄出的声响，这种静谧使他恍若接到老天圣谕似的，一次次产生投入大海的冲动。 他打定主意要住在深圳，周一周四才回港大授课。

　　来了深圳，她就一直盼着奇迹，不相信香港会有这么怪的法律，连协议离婚也要等上两年。 她苦思冥想，为什么在离婚方面，香港的法律比内地要落后？ 多亏他发出了想作解释的几声干笑，她认为发现了问题的症结。 他没有痛下决心，他拿香港法律作挡箭牌，是因为她做得还不够，曼妙的风姿没有得到彻底展露。她觉得自己的身体在运动中最健美也最微妙,她使出浑身解数,像位俗气的艳舞女郎,扭动丰腴的臀部,给他跳屡看不厌的放肆的舞蹈。有时整个下午跳腻了,她也兴致高昂地陪他看庸俗不堪的香港连续剧。

他特别喜欢两人上街的风光劲,为此,养成了爱买菜的习惯。她高出他一个头,曼妙的身躯套上他特意从香港带来的紧身装,街上任何一双混浊不清的眼睛,见了他俩都会顿时一亮。不少路人啧啧羡慕,糟老头的手臂上竟挽着这么个尤物。路人的心也许被眼前不协调的景象刺痛了,不敢相信地频频回头打量证实。他简直迷上了别人凝神屏息看她的神态,知道那些目光后面,其实藏着不切实际的想法,他把这种目光看作是对他鉴赏力的最大赞赏。到了菜场,他竭力表现出香港的道德风范,与菜贩们打着招呼,根本不在乎那些在她身上扫来扫去的放肆目光。学校放假前,他来回海关颠簸了几个月,加上床上有些兽性的折腾,他的身体到了节骨眼上。脸色惨白得吓人时,他不得不承认自己有心脏病。他开始抱怨,做完爱两耳老嗡嗡呜个不停。他的老婆远不如过去温柔了,经常用发怒来表示对他的感情。婚姻危机使她变成了狐狸精,她故意拖延在协议离婚书上签字的时间。他说她掐指算好了，协议书延签几个月，加上法律规定的两年分居，刚好可以挨到他退休的日子。那时，校方会一次性给他六百万元的退休金，法庭当然会分给她一半。面对老婆想借离婚发财的周密计划，他束手无策。

他的三个儿女都成了家，脸上洋溢着世间最幸福的神采，却对他脸上的幸福神采不能理解。他们起初被这件事吓慌了手脚，除了为两老的婚姻惋惜、遗憾，不知道该怎么办。后来，他们了解到父亲有外遇，马上偏向了母亲。他们谴责他，本来他差点就做到完美了——完美的丈夫、父亲。以前他孤身一人来到香港，娶了他们的母亲后，诸事如意。人生所需要的热恋，他已经有过了。小时候，父亲对母亲的爱甚至令他们嫉妒。他们希望父亲一直完美下去，不能容忍他丢失晚节。他们信誓旦旦地保证，如果他抛弃了母亲，他死后，他们不会去给他上坟。儿女的话无可挑剔，含着让人警醒的正气，他的失落与心虚当然是不可言喻的。成天让他发愁的，还有另一件事情。退休后，他必须退还学校提供的别墅，需要另购住宅。他老婆的娘家有闲置的房产，那时她会过得神采飞扬，拿着离婚分到的巨款周游列国，四处买情调。比如，她可以去世界各地的海滩，慢悠悠地晒出有闲阶级的古铜色皮肤……他的远景令人担忧，买完香港奇贵的公寓，将两手空空，无法负担他与情人的生活。到那时，他除了美色，什么都没有，香港除了金钱，又什么都不在乎。他隐约感到香港不是两位叛逆者的归宿。他心情沉重，又不能只对自己嘀咕，于是敬畏地看着她，慢慢道出了心中的想法。他劝她在深圳做点什么，没准会有意想不到的大发展，他打算利用那点闲钱做投资。这点闲钱放到深圳倒也不算寒碜。

31

她把伤病的丈夫丢在病榻上跑掉，的确破了校史上最无情的纪录。教研室排了值班表，两人一班，照顾脸色气得铁青的教授。同事们很快被屎尿熏得叫苦不迭，最后喜欢微笑的书记，郑重其事到病房视察，才答应教研室出钱雇一位保姆。姜夏几乎每天都来医院，他发现教授的头发不对劲，不到两周白了一半。教授的境况的确令人同情，他必须转到市立医院的骨科病房，准备做股骨颈再造术。

姜夏曾去找过那位帮过他的女医生。去市立医院的路上,他跟着一位漂亮女人进了金聚龙礼品店。他在货架上磨着生有老茧的手掌,看清那位女人挑的护符。他如法炮制,买了同样一个护符,他十分信任漂亮女人的眼光。他还记得女医生的头发泛着微棕色,不知天生的,还是刻意焗色的,反正护符与头发的色泽格外搭配。诊室门口排着病恹恹的长队,几乎让病人失去耐心。他在抗议声中钻进了诊室,但没有哪位医生关心他的问话,把他当成了拉关系的讨厌家伙。他保持着均衡的腿力,在门诊大楼跑上跑下,迎着形形色色的白眼,最后打听到他的恩人调动去了南方。他哪里知道,他恳求的目光和神态已经不管用了,医生与病人已经建立起实质性的关系。按常人理解这种关系也许有点庸俗,即所有医生都得益于苦难深重的病人。医生动不动就让病人家属做这做那,听到医生喊:"谁是家属?"姜夏只好挺身站出来。护士们甚至觉得姜夏端屎尿盆的神态不够大方,紧皱的眉头可以舒展一些。她们一直以为姜夏是教授的孝顺儿子。当然姜夏还必须收敛孩子气,郑重地代表那位并不存在的儿子,在手术合同的"病人家属"一栏上签名。

几年前,做股骨颈再造术还是十分疯癫的想法。主刀医生中年得志,大概嫌没什么疯癫的事可做,终于当了疯癫的再造术专家。他喜欢各种土办法，居然闯荡出一点国际名声。在医学院研究生的课堂上，他喜欢展示刚收集到的受到创伤的股骨颈。看来要不了多久，就该轮到展示齐教授的那块烂骨颈了。他巡查病房时，手腕总被病人家属恳切地抓住，流泪之余，病人家属清楚还有另一件事要办。"听说他手术做得很出色。"大家知道，唯有红包才能保证医生做得出色。但多数人没有机会练得一手塞红包的绝技，这种心得只能口口相传。包里搁多少钱，什么时候上门找医生，都是至关重要的细节。医院领略到了医生收受红包带来的好处——病人如潮，医生的抱怨却越来越少。门诊大厅里，不锈钢镜框把严禁塞红包的招牌顶得都朝外鼓凸着，上面赫然写着好几个检举电话。病人家属心领神会，明白那些招牌不过是公告，提醒大家，别傻乎乎地把红包直接往医生口袋里塞。这些措辞严厉的招牌，把塞红包这种龌龊事变成了一门艺术。

姜夏拽上一位同事，他需要有位健谈风趣的人配合。塞红包当然不能电话预约，医生会满口回绝的。经人指点，他们到街角的杂货店买了专用的红纸袋。教研室书记还是老一套，嘿嘿笑着摇头，然后签字批了八百元。他们当着书记的面，把八百元如数封进红纸袋里。那晚，月亮朗照，微风柔和，他们却像逃犯，心惊胆战地走进医院的宿舍区里。他们打听到主刀医生住在顶楼，据说分房时，他特意要了最高层，好看见从地面看不见的穷相十足的各种房顶。他们上楼踮着脚尖，变得一阵风似的轻灵、迅捷。不论哪家叮叮当当搞装修，都能给他们带来像样的噪声掩护。楼道里，一扇扇铁门装着猫眼，假正经地紧闭着，像一张张假正经的脸。他们的脚一踩上门前的小编织毯，姜夏马上按了门铃。铁石心肠的医生也许刚吃完晚饭，正坐在客厅沙发上剔牙齿。医生昂着头，从门铃声中一定悟到了什么。他起身拉开里面那扇木门，隔着栅栏似的防盗铁门，眼睛盯着毕恭毕敬的来人。这是医生最凝聚心血的时刻，他必须一眼识破会带来后患的人。谢天谢地！姜夏和同事通过了面试，被医生让进屋里。

这套公寓比较现代化，但非常肃穆，屋里没有暴富的迹象，像医生嘴角似有若无的笑似的克制。客厅南头的低柜上，有一台老式彩电，播放着新闻节目，机壳里不时发出吱吱啦啦的电流声。医生有点苏州口音，像位明白人，带他们穿过客厅来到里屋。这间里屋小得像个鸟笼，关进了三只彼此学舌的鹦鹉似的。 姜夏的同事一开口，就引发了大家的废话症。 他们好像并不为废话惊慌，稍稍在椅子上平衡了一下身子，那些无需他们操心的事情，他们硬是谈得像模像样的。 姜夏微弯着腰，眼珠子骨碌打转，他兜里的红包增加了屋里似是而非的融洽气氛。 不过，事情有点棘手，姜夏的手始终落在医生的视线中，他后悔没有坐在同事那把椅子上。大约谈了半小时，明显没话找话了，情急中姜夏偷偷踩了同事一脚。 那人果然是位巧言令色的戏子，忍着脚趾的疼痛，满脸堆笑地站起来，朝墙面的相框走去。 那人的举动给了医生不小的鼓舞，医生情不自禁地跟他来到相框底下。 那些褪色的旧照片里的人物，显得格外安详，霎时间让医生感触良多……姜夏是第一次干这种活，其他病人家属教过他不少窍门，比如红包该放哪里，放的时候不能让医生察觉，医生送客回来，又一眼能发现。 姜夏鼓足勇气，把红包摆到桌肚里的一张方凳上，从客厅朝里屋看，这个红包格外醒目……告辞的时间到了，他俩匆忙赶到医生前头，生怕医生回头看见方凳上的那只红包。

32

　　第二天，他们在病区走廊碰见了主刀医生，他没忘抽暇朝他们走过来，脸上露出略失威严的热情。看来他们的努力没有白搭。医生的脸颊就像挂着好几位病人的红包似的，红彤彤的，似乎预示他将做几个出色的手术。主刀医生本来想把手术交给助手做，让他实习一两回，自从接受了红包，他就不能随心所欲了。病人固然把医生哄得身子轻飘，但在愿意塞红包的病人中，医生也要树立口碑，不然就断了财源。办公室的黑板上画满局部骨颈图，主刀医生和小组成员商量着手术方案，他提出应为病人着想，设法用新材料延长病人再来开刀的时间间隔。他的瘦高个子的助手，奉命对教授做术前检查。教授心跳过快，助手担心，教授能不能承受这么大的手术？面对姜夏的疑问，这位助手没有任何建议给他们，反正做与不做，都与他无关。教授决心已定，不管危险有多大，都要为站起来做一次努力。那位助手二话不说，漠然地拿出一份手术合同书，要求病人家属签字。合同书的措辞当然正气凛然，申明医院一概不对任何手术后果负责。那位助手连笑都没笑，就把事情办得漂漂亮亮，办得医院不担任何责任。教授无心理会合同书上罗列的可能后果，他催促姜夏代表病人家属，匆忙在这份缺德的合同书上签了字。

手术历经了四个多小时，除了姜夏和保姆，没有熟人在门外等候。教授被推出手术间时，整个下半身都裹在绷带里，只在拉屎撒尿的部位留了两个窟窿。毫无疑问，教授需要二十四小时的监护，替换保姆的重任自然落到了姜夏身上。服侍不能动弹的病人十分艰辛，所有同房的病人家属，都对姜夏表示了敬意。他吃睡在教授的床边，连天空啥时有月亮都注意不到。这时他脑子里尽是市侩的想法，用以支撑他疲惫不堪的身躯。他从不怀疑自己的付出是否值得，反正这种付出是看得见结果的。撑不住时，他便打着呵欠，怀着这个美妙的念头和衣而睡。

病房里几乎找不到一面镜子，好像人人都怕病魔显形似的。每天他只好对着窗户或门上的脏玻璃，用剃须刀刮胡子。他留心观察着不幸的教授，发现傲慢自负的表情明显有了软化，教授已经不在乎调羹干不干净，碗有没有油味，他敢在床上用脏手抓食物吃了，当然每次只能吃进一点点。保姆的烹饪技术彻底败坏了他的胃口，加上缺乏运动，教授的屎尿奇臭，经常弄得满屋臭气冲天。姜夏吃饭一想到这些气味都难以下咽。每次教授拉了屎尿，都劝姜夏把屎尿盆留给保姆处理。姜夏偏摇着脑袋，不接受这样的安排。他心里清楚，怎么做会让教授多欠他一份人情。他端着屎尿盆走过走廊时，护士们发现，他不再龇牙咧嘴了，脸上明显有了政治家的风度。

教授的十字切口，不到一周就愈合了。大约又过了一周，教研室接到教授要出院的通知，几乎倾巢出动了。他们预定了一辆救护车，抬担架的角色根本不够大家分配，平时连个鬼影子也不见的人，此时纷纷殷勤地请缨出力。救护车沿着大街飞驰，他们围在担架四周问这问那，脸上露出关切的神情。姜夏面容憔悴，靠在车厢一角，不冷不热地看着众人表演。说实在的，这是最能让他学到人生真谛的大课堂。

教授回到家里，又变得可怜巴巴的，除了寂寞、乏味，他还要精心计算各种花销。保姆费，三百元，出院以后该他自己掏了。一瓶虎骨酒，七十元，医生坚持让他喝的……只有皮鞋袜子是个例外，大概他几个月也下不了床，这笔鞋袜费算是省下了。每天他待在床上发愣，似有若无地看着电视，等着心里的疼痛尿胀似地一阵阵袭来。住在屋里，他无法感受到季节细微变化的迷人气象，他知道姜夏又添了一件衣服，他想吃的荠菜，保姆到菜场买不到了。保姆的烹调手艺极差，经过她烹调的蔬菜都是酱黄色，几乎看不出原来是什么品种。每次他都摇头硬往下咽，越咽越感慨老婆不在身边。扎在老婆腰际显得臀腰格外性感的围兜，扎在保姆身上如同扎在木桶上。保姆是北方来的农村大嫂，虽然厚道、心眼好，但身上始终有股类似香椿的味道，这是教授特别不习惯的。这位躺在床上听天由命的人，缓慢又忧伤地感受着各种情绪的纠缠，时常觉得自己的命运滑到了谷底，在大腹便便的这个年龄，偏偏弄上了要命的单相思……

33

慎教授在欲海奋力拼搏时，时常捂着胸口，这个动作引起了她的担忧。本来和他结婚是她的头号方案，只要他健康无忧，兴许婚后他还有更好的德行等着她去发现呢。他兴奋时不再昂着头，不得不屈从于心脏的悸动，耷拉下脑袋。经常在两人兴致高时，他突然来个急刹车，令她心急如焚。他心脏不好，可不是小事一桩呀。他俩见面就干，越来越让她担惊受怕的。说不准哪天，他就一命呜呼栽倒在她的怀里。她突然有了度日如年之感。其实她坐在谁的怀里都无关紧要，只要后半辈子有位男人可以依靠，冬天缩在冰冷的被窝里，有男人能帮她暖和僵冷的手脚。

他累得上课老忘词，许多人名就在嘴边，脑子却一片空白。每天他不论从香港或深圳出门，都有回不来的感觉。他走在路上，嘴唇青紫，身子好像还在情人的床上翻来滚去似的。他早就不佩带老婆送的那枚钻戒了，他要把无名指腾出来留给情人。这个寡情的举动，当然刺激了他老婆的想象力，她不会甘心做老掉牙的陪衬的，愤怒在她嗓子里冒烟了。他表示不满的一点嘀啾声，都会引来她的一阵咆哮，她本来不美观的脸，倒陡然有了令人敬佩的威严。他耸耸肩膀，但是不管用，咆哮声令他眼前黑影晃动，老婆霎时变成了一只强健如老鹰的大黑鸟，他想赶也赶不走。他的心脏病大概就是这样给骂出来的。

他的情人没事老去超市买零食、洗发香波、乳白色的洗面奶、打底色的脂粉等，最后总是捎上一盒避孕套。她没有上环，以前她总是自信而优雅地婉拒丈夫的要求，他为她不肯要孩子始终感到困惑不解。她自认体态丰腴，盆骨狭窄，根本不适合生育，或者说，如果怀上孩子，一场要命的难产便在所难免。 她不想生育又不肯上环，是为了防止身体发胖。 许多干瘪消瘦的女人自从上了环，脸蛋和身子都红润白胖起来。 她的身材恰到好处，当然无需金属环来助兴了。 每次她都要苦口婆心，说服慎教授戴上他讨厌的散发着鱼腥味的套子。 她是位漂亮女人，当然不会犯女摄影师不慎怀孕的低级错误。

刚到深圳那会儿，她的语气脸色都比从前温柔，曾为要去香港定居激动了好一阵子。 她发誓要好好照顾他。 的确，美妙的前景帮她克服了坏脾气，和高高在上的感觉。 转眼几个月过去了，他还是迈着小碎步在海关两边疾走。 做那种事时，他的脑袋也许还夹杂着怯懦的想法，犹豫不决地在她身体上方摇晃，这时他色眯眯的表情如同鞭子在抽打她，难道他前胸后背那些虚弱又细密的汗珠子，凝结着她下半生的生活理想？ 她早已腻烦靠在流苏垫上听他空谈了。 趁他去港大授课，她拼命蜷缩在沙发上想前途，想和他结婚的急迫心情快要化为乌有了。 假如他突然死去，她下半辈子该怎么办？ 这种危险似乎越来越明显。 他经常在喷薄而出后浑身发冷发颤，脉搏从平时就不低的九十，马上蹿到一百二十，也许再往上蹿，他就完蛋了。

　　在浴室的镜子中，她发现自己有点憔悴了，皱纹像波浪隐藏在平静的水下，随时等着风来召唤。她恨自己粗心大意，没有及早发现慎教授的心脏病。她重新想起了差点忘掉的旧婚姻中，那些美好的片段。她还想到，自己丰满的胸部终有一天会干瘪下去，眼袋也会难堪地隆起，到那时，谁会是她忠心耿耿的追随者？有时她偷偷拿出结婚证，像打算改变宗教信仰似的，琢磨着可能的退路……慎教授当然没法为身体的每况愈下感到自豪，他面带愧色地想着未来，时常陷入拼命解释的境地。他把屁股在沙发上挪来挪去，无非想说清，他们将来可能要过节俭的生活。他把满脸愁容的拮据生活，说得像古董似的令人垂涎。可怜的人并未想到，去掉那些衬托他的漂亮的华服，他会显得多邋遢，风度当然赶不上她的丈夫。他异想天开，想说明节衣缩食的生活里饱含着感人的道德光彩。他自相矛盾，又指望情人在深圳创业，说到兴奋处，她只是含混地撇嘴笑笑，脸上露出一丝敷衍的神情。

34

齐教授没事凝视着窗外，他已经能够撑着拐杖下床了，尽管每挪几步，都有大滴的汗珠从额头垂落下来。窗外有汽车尾气带来的沉沉雾霭，像他的心情一样不可捉摸。也许他从凉爽的雾霭中，依稀辨认出了姜夏的心思。他决定康复前，让姜夏全权代表他四处旅行。姜夏老实巴交的样子给交际带来一些不便，众人已经习惯同精明有阅历的人打交道，姜夏过于年轻，难免让人担心办事不牢靠。教授养病期间，小组成员显出令人沮丧的德性，他们毫不尊重天才，不认为像他们一样发烧打喷嚏的姜夏会是天才，或者说他们自认是天才，当然不会对姜夏这样的天才感到好奇。不少人这里晃晃，那里逛逛，一天就算交代了，到头来事情还是落到姜夏头上。姜夏的下巴颏因为操劳变尖了，但心理上得到了补偿。同事们宁愿睡大觉的心态，对他相当有利，大概教授当年往上爬时，利用的也是同事的这种心态。

姜夏一本正经地看着教授，心里既激动又虚弱，他总算把教授说服了，相信去一趟深圳十分必要。以前他讨厌那个小海湾的溽热的空气，讨厌脖子成天汗津津的，偏要扣上衬衣的风纪扣。 师母简直像一道彩虹，自从她去了深圳，那个小海湾似乎又成了天堂，他没法不夸那里好。 拿到特区通行证后，他简直无法正常地收拾行李，有时不得不平衡一下摇晃的身子，为可能的会面感到头晕目眩。 师母会有什么变化呢？ 几个月前，他的手脸还接触到她凉丝丝的皮肤，也许这种感觉太强烈了，他不得不斜仰在床上……师母去过香港后，舌头就不喜欢上卷了，这种发音伎俩使她说话开始带点傻里傻气的港味。 她还养成了下午去菜场的习惯，步履轻快时，高跟鞋在水泥路上磕出一连串迷人的声响。 他可以发誓，就算跟着师母走到厕所旁边，他也觉得空气是清新的。 望着她高视阔步的样子，他宁愿忘记什么是善良……师母从香港回来后，曾突然宣布她与别人在深圳开了一家公司。 教授和姜夏还煞有介事为她庆贺过。 教授即便明白个中奥妙，即便满腔的妒忌淤积在胸口，快要随言词溢出，他还得保持镇定，小心供奉从她嘴里吐出的每个词。 他知道做漂亮女人的丈夫这条路该有多陡，稍有不慎就会滚下山脊，前功尽弃……动身前，姜夏找到了师母留给他的手机号码，他不知道号码还灵不灵。

记得师母走前剪了齐耳根的短发，当着护士长的面，无所顾忌地把手臂搭到姜夏的脖子上，开玩笑地说："以后到深圳可要来找我哟。"那天登机前，她给姜夏挂了电话，"师母你，你真的要走？ 噢……我，我明白了。"他拿着话筒不知所措，心里十分失落。 以后几个月，他每天都陪教授聊一会时政，聊的时候固然有一股热流在心中穿行，还是无法与待在师母身边的那种感受相媲美。 他多想闻到师母的体香，听她谈凡人俗事，他从不试图在道德上谴责她，心情不好时，他倒羡慕她追求快乐的无所顾忌。

35

特快列车又爬坡了，它迎着山里开放的野花、矮茶树、竹林缓慢行驶。 透过双层车窗，姜夏看见折裂的山坡露出铁锈似的红土。 过了岭南，天气变得燠热、湿闷。 无需旅行手册的指点，旅客都不敢多喝水，或忘乎所以地抱头大睡。一张张非常疲劳的脸，浮泛着皮脂油光，露出隐忍又无奈的表情。 这趟南行的火车拥挤不堪，抢到座位的人也像患了重感冒，备受折磨，就算有女人伸过来一条美腿，也会让人烦躁不安。姜夏想起被教授怂恿坐软卧的那些美好的日子。教授向来我行我素，小组出差从不让教研室插手。火车票紧张时，他公然违反校财务规定，怂恿大家一起坐软卧。每次姜夏只需在卧席上发出酣睡的呼噜声，或借着微暗的顶灯全神贯注于学术，其他诸如买票、买饭、住宿之类的琐事，小组总会派更精明的人去打理……透过窗外朦胧的气雾，姜夏忧伤地望着红土地上绿沉沉的矮种庄稼，意识到自己翅膀未硬，远未到我行我素的份上。

姜夏到达广州站时，离下一趟去深圳的列车只差五分钟。晚上七点，他在蒙蒙夜色中抵达深圳。他出站叫了一辆的士，寻找熟悉的街区。工业园附近有一家他熟悉的招待所，因为设在住宅小区，收费特别便宜。当他最后找到那个小区，风头十足的当地保安拿眼瞪他，不甘心让这位北佬在小区公然独行。过去他一直相信，生活在江南是天赐的运气，他虽然出生在北方，但不断变化的容貌到了秀丽的江南才定型。他学会了江南人的优越感，学得惟妙惟肖，当然他不会料到在靠近赤道的燠热之地，被当地人当作了傻笨的北佬。他喘着气，一团抹布似的瘫在沙发里，为要不要见师母感到紧张、犹豫。他喜欢喝绿茶，喝这里的红茶觉得太苦涩。他不停往杯里添水，一口口呷着不太对味的茶水，真希望能轻松地对待和师母见面的事。他想到师母，似乎就没法安睡哪怕五分钟。旅途疲劳艰辛，他本应休息，不该让女人来分享这个夜晚，但他的双手就是闲不下来，在通讯录上忙碌个不停。师母的号码像有毒的花斑蘑菇，让他欣喜又犹豫。他如果睡上一觉，脸色肯定会好看得多。眼下这副憔悴的样子，让他只有信心去会一位女孩。那女孩和他同届，智力出众但相貌平平，上学时拼命追求过他，希望落空后，她蔫头蔫脑来到深圳。她留给姜夏一张精心拍摄的相片，相片上她的脸涂满过厚的胭脂，让人体察到她对美女的怨愤之气。

他随身带着一本《北回归线》，是时代文艺版的，无论他怎么翻看，师母还是浮现在眼前。为了分散精力，他试图回忆那位女孩的优点，偏偏她的缺陷都滴水不漏地浮现出来。她的身体略微发胖，鼻子和眼睛令人失落地出了点小问题。她的体魄固然像运动员，鼻子却为粗重的呼吸，付出了略微宽大的代价。她读的书不少，知识多得足以让男人好奇，但为了看清桌子对面的浑小子，她不得不戴上一副冒傻气的近视眼镜。他想今晚有了她，就不会感到无助孤独，管他呢，说不定她会领他去酒吧品尝各种鸡尾酒。他呢，也想听她聊一聊她的游历生活，这位唠唠叨叨的女孩很适合填补今晚的空白。他清了清嗓子，有些急切地一把抓起电话。

女孩正在庆贺别人的生日，话筒中能听见屋里杂乱的说话声，和不时响起的七零八落的掌声。女孩的平静出乎他的预料，说她在参加朋友的生日派对，恐怕一时脱不开身。几句简短的话，让他格外震动，几乎把他噎住了。他拿着话筒，神色十分尴尬，只好附和道："好的，好的，那我们再联系吧。"放下电话，他感到一阵虚无向他袭来，身体乏力地斜靠在床上，突然觉得自己愚蠢透顶。没错，今晚他本不该见任何人。他打量着这个空荡荡的标准间，呼吸突然急促起来。他趿拉着轻飘飘的泡沫拖鞋，在窗前来回踱步，对远处那个生日派对嫉妒得要死。

36

姜夏以为师母真在深圳办了公司，过着讲效率的生活，不知道她成天懒洋洋地仰在沙发上，白白耗时间，等着那有气无力的敲门声。说实话，姜夏那晚辗转反侧，第二天起床，紧锁的眉头才稍微舒展。街对面有家琳琅满目的花店，吃过早饭，他一直在那里流连，始终拿不准该买哪种花。他不是情人，玫瑰花肯定不合适，最后他惴惴不安挑了一大把菊花。他盘算好了，如果找不到师母或吃了闭门羹，他就把这束花插在自己的客房里，或随便送给哪位女服务员。他换上刚晾干的衣服，皮肤感到一阵凉爽的快意，然后正襟危坐地拨通了手机。话筒那边有轻曼的舞曲声，听说他来了深圳，只听咔嗒一声，舞曲声戛然而止。师母的语气像刚拿到奖金似的热烈，脸上肯定还挂着灿烂的笑容。姜夏紧张地喘着气，总算弄清了师母的提议，她邀请他到罗湖住所来吃一顿晚饭。

　　姜夏钻出的士的时候，发现时间有点早，但他讨厌逛街，还是硬着头皮闯了上去。师母正在三楼公寓的厨房忙碌，她一眼认出了他常挎的那只斜挎包。她双手湿漉漉地接过那捧黄菊花，不知道该把它插到哪里。她把炖肉的锅子端到砧板旁边，便从厨房出来逼他吃芒果。她边说边示范，用葱白的手指剥那只黄澄澄的玩意儿。她强调这种芒果是市面上最好的。话音刚落，一股难闻的胺味弥散开来，熏得他张不开嘴。他龇牙咧嘴了好一阵，才勉强吃了一小口。师母不敏感地问他，好吃吗？ 他皱起眉头，诚实地摇摇头。 师母发现他有了不少变化，脸比以前消瘦了，面色蜡黄，身体更加单薄，不过他的忧郁、沉静，脸的轮廓，依然富有魅力。 她很快意识到，他似乎不能忍受放在冰箱上的那个相框。 相框里面的照片是她上次离开香港前拍的，表情明显含着挑逗，裙子像跳斗牛舞般撩得老高，露出了很丰满的下身。 她拍这种照片，必定是为了某个人，姜夏意识到就是拍照片的那个人。 师母朝他莞尔一笑，拿过来那个相框，对他说，我不瞒你了，给我拍照片的是我的老相好，姓慎，港大的教授，我一直想和他结婚，过几天你也会见到他的。 说到老相好，她的语气好像并不挑剔，仿佛只要想想他住的香港，就足以打发眼下沉闷无聊的时光。 慎教授马上占据了整个晚餐的话题。 师母对他津津乐道，暗示他在床上如何坏，整夜不让她睡觉。 姜夏听得面红耳赤，不时把眼珠子瞥到别处，避免与她的目光相遇。 厅里漾动着凉丝丝的空调微风，但他感到内衣里面湿乎乎的。 师母说的每句话，脸上的每个细微表情，都会在他内心里卷起欲望，他仿佛是踏着慎教授的足迹前进的。 他真不愿意听师母谈她怎样围着那个老混蛋，慎教授不过像他一样迷上了她的身体，那人愿意拿一场婚姻作赌注，当然显得既幼稚又慷慨。

深圳的许多街道除了是新建的，实在老套，加上令人讨厌的湿热空气，他实在不喜欢去街头闲逛，与在江南逛街的感受有点两样。清晨起来，他的鼻子、眉心都缀满点点闪闪的细汗珠，只要醒来，师母的形象清晰又朦胧地浮现在眼前。她的事，让他有点蚀骨啮心。看来他是庸人自扰，怪就怪他的想象力出了问题。按照惯例，他去街上的酒吧，挤在人多的吧台前，喝了几杯。喝酒时，他一直打量着远处端坐的一位小白脸，那人化了淡妆，在室内依旧戴着蓝色墨镜，黑色紧身T恤外面套了一件白西装，下身着一条蓝色紧身裤。从一些当地人的眼神，姜夏能感到那人是干鸭活的。他被那人洒脱的动作，脸上玩世不恭的神情，吸引住了。回到旅店，他已醉得东倒西歪，皮鞋没脱就上了床。尽管早上十点才醒来，他还是感到房子在旋转。但在德行方面，他毕竟训练有素，过了两天，他又笑眯眯地如约来到师母的住处。

慎教授刚过海关不久，茶几上摆着掰碎的面包和橘瓣。他说话的神态、举动明显欧化，样子又像马来人，个子小巧，面容黑瘦，头顶刚齐到师母的肩头。他的脸色不对劲，刚洗过的头发齐刷刷地向后梳拢,仿佛那种女性香波的气味,使他变得更疲沓了。他清弄了一阵嗓子,打起精神跟姜夏说话。他抱怨过关的时间太长,手续完全可以简化,说着他从提包里翻出一沓打印稿,颤巍巍地递给姜夏,"你有没有兴趣看看?这是我今年写的。"

这篇论文怎么说呢,精致有余,想法不足,姜夏匆忙翻了翻,掂出了它轻飘飘的分量。慎教授教的理论物理,一直是姜夏的另一项业余爱好。他认为这篇论文如果他来写,篇幅只要四分之一。他感到血液在往头上涌,为师母感到了少许的悲哀。他终于有把握地说,慎教授和齐教授都是一丘之貉,谁胜谁负还很难说呢。慎教授的指甲、鼻毛经过精心修剪,衬衣、裤子经过精心熨烫,比他的学术似乎更值得赞赏。他不是能够说出名言名句的那类老师,无法让姜夏俯首帖耳。幸好他已经累了,摇摇晃晃地站起来,乏力又谦恭地对姜夏说,"很抱歉,我心脏不好,要去休息一会了。"他干瘦的脚趿拉着一双膨胀棉的大拖鞋,像两根竹竿撑在空荡又摇晃的船舱里,一悠一荡地进屋去了。

37

　　庆贺朋友生日的第二天，那位女孩回过神来，尽管整个生日洋溢着欢声笑语，笑话淫邪又新鲜，但她并不好受，那得意光彩的气氛实际上与她无关。第二天醒来，她恍然大悟，有些懊悔。生意上她事事如意，可是个人问题令她揪心。如果她脸皮厚，凭着发达的胸部、臀部，完全可以成为拉男人下水的腐蚀剂。从通讯录里收录的人名看，可以这样利用的男人成把抓。但她不会干这种蠢事，她决心忠实于未来的丈夫，哪怕有微小的不忠诚，都难以容忍。几乎每天都有男人给她打来电话，献殷勤，言谈充满暗示。说来奇怪，姜夏远在天边，却时常让她牵挂。他的腼腆、拘谨仿佛来自遥远的古代，说话没有一丝油腔滑调。昨晚他第一次结结巴巴打来电话，显得不同寻常。

　　醒来后，她在床上坐了好一会，肩上拢着浅黄的毛巾被。她把双腿吊在床沿，还是不能平息紧张的情绪。过去她是不是太迁就他了？在他面前，她的确玩不起来什么花样，始终抵不住那种迁就他的诱惑。她终于又想迁就他一次，忍不住伸手拨了电话。姜夏的声音缓慢又低沉，他刚从睡梦中惊醒，脑袋像灌了铅，反应迟钝，一个劲对话筒说，"过几天我们再联系吧……到时再联系，好吗？"她捂着半边脸，像受了伤似的，"那……那好吧。"

姜夏睡到十点才起床。他去小店吃了一碗河粉，在水泥广场呆坐了一会，他试图理解她到底是怎么回事，一阵阵不凉爽的海风吹来，激起了他对师母的浪漫想法。他起身沿着人行道往前走，显得漫无目的，见到涂着红箭头的加油站，他才闪身进了花店……

姜夏又单独见了师母好几次。第三次见到师母的那一刻，最为眩目。水珠子在她头发上吧嗒吧嗒地滴落，在被纱窗滤得幽蓝的光线中跳跃、闪烁。师母身穿大开领的睡衣清洗头发，不时从松垮的领圈露出白亮的乳房。这是她为眼前这位被青春困扰的年轻人，暗暗做的慈善工作？师母克制着，不当着姜夏的面喝多酒，她始终守着在慎教授面前闹酒的秘密。

如果教授在场，她喝多了，便会把一堆华服扔到地上，死活不领他的情。她拉拉杂杂地想到，如果他死了，她将一无所有。她泪水扑簌地说着这个担忧，让慎教授惭愧得要死。他抬起有些肿胀的眼皮，尽量掩饰着窘态，笑她太过敏感，事情哪有她想的那么严重呢？他尽量屏住口臭，充满柔情地把她领到窗前，透过百叶窗的横格，让她打量街区后面的几幢高楼。他说除了公寓，她梦想的蓝鸟跑车也会停在她的楼下。她用手紧抠着百叶窗的塑料横格，马上破涕而笑。慎教授的建议就像维生素，使她的脸色好看了起来。没等夜幕降临，她就急着张罗这件事。

38

　　小区广场就像基督徒的教堂，周末总要聚集不少人。那天小区来了公司搞促销，强节奏的舞曲震得窗玻璃直发颤。姜夏沿着鹅卵石铺就的石路走了一圈，发现没有石凳空着。后来，他踱到密密匝匝的一堆人旁边，被里面的象棋残局迷住了。师母给他打电话时，那堆人正为红方怎么下争执不休，手机铃声完全被吵闹声盖住了。中午回到客房，他才发现没接师母的电话，他惶惶不安给师母去了电话。师母也许对他的心思一目了然，只是小心翼翼地加以利用罢了。

　　姜夏对港大教授的态度有所保留，但为了师母，他应承下来，答应为他们物色一位了解房地产的人。过去谁都巴望赶上房地产的潮流，自从许多人栽了跟头，大家谈起房地产时情绪都很恶劣。很难想象没有内行帮助，能从手腕高明的房产商那里捞到便宜，外观漂亮的房子，里面的名堂多得可怕。姜夏穿戴整齐，准备约那位女孩见面，她当然比他见多识广，找位内行不是难事。他经过广场时，突然站住了，广场空无一人，就像未曾有过上午的热闹场面，连呼呼的热风也没有了。天又闷又热，衬衣领子像绞索勒得他快要窒息了。自从见到师母，他就不想和那位女孩周旋了。但那一刻，他突然改了主意，踱步回到开着空调的客房，解开衬衣领扣，分别给女孩和师母去了电话。打完电话，他照着卫生间的长方镜，面露愧色。他撒了谎，借口今天有急事，让两位女人自行认识。这两位女人当然不是他这样的伪君子，不会辜负他的期待。两位女人迅速领悟到了对方的价值，马上相邀一起喝茶、游泳。女孩下了泳池，就没再上来休息过，一直在水里扑腾，格外羡慕在池边走动的姜夏的师母，有令人陶醉的身材。师母呢，游了一会便累得不行，只好爬出水池休息，羡慕不停扑腾的女孩浑身有使不完的劲。她俩一见如故，甚至有了共同嘲笑的对象。

过了几天，她俩备了晚餐来招待姜夏，令他惊讶不已，看来事与愿违，他又要与那女孩打交道了。只要弯腰驼背的教授不在深圳，她俩就逛老街，邀姜夏一起吃饭打牌。后来，教授知道了，也兴冲冲地从香港赶来，教他们玩"炒地皮"等香港的玩法。女孩为姜夏伤透了脑筋，她简直像坐在陪审席上，留意姜夏的一举一动。她庆幸姜夏不是玩牌老手，别人嫌他出牌慢，倒恰好合她的心意，只是她希望他慢点，再慢点，这样挨到半夜，姜夏就不得不送她回去。师母心领神会地朝女孩挤眉弄眼，女孩的心思瞒不了她。她不时就牌局发表看法，夸女孩聪明，巧妙地为女孩拉票。她俩搞的是什么把戏，姜夏并非猜不透。他处之泰然，全是因为师母，才改变了对女孩的态度。单看女孩，她的确了不起的健美，连那位热恋中的香港老头，有时也想打她的主意。姜夏给她俩拍过相片，记得那次拍照时香港老头主动伺候在女孩左右，借口她身上衣服不服帖，拿手在她身上抹来蹭去的，让姜夏几乎看不下去。只要女孩站到师母跟前，立刻就显得矮小，反衬出师母的人高马大，活力无穷。这个印象当然弄得姜夏有了明显偏向。到了明月朗照，该送她回去的夜半时分，他的心思始终无法从师母身上移开哪怕片刻。路上，女孩欢快地等待他有所行动，周围一片寂静，偶尔一辆出租车缓慢低声地从他俩身边驶过。她不断掉脸，打量这位不大吭声的男人。每次他俩都少言寡语地坚持走完这条大街，她自始至终等着那令人激动的提议："我送你回去吧！"她喜欢这种不留余地的口吻，当然，语气温婉一些她也能接受："我送你回去好吗？"可是在温湿的空气中，不幸总掺着她意想不到的一丝绝望。到了大街尽头，他把双脚在路阶上往后缩，那副样子好像在说："时间不早了，你该自己回去了。"她的眼角难免有点湿腻，她感到这张精心涂抹过脂粉的脸，像过期药品一样变得毫无用处了。她招手拦车，抑制着嗓音的颤抖，对出租车司机说："去连港花园！"上了车，她缓缓摇下车窗，忧心忡忡地望着姜夏，心想，也许他粗心大意，不知道她心里有多少话要对他说。

师母热心地张罗此事，目的挺实用，她巴不得姜夏留在深圳，如果他与女孩相好，接下来受益的肯定是她。她常与女孩煲电话，漫不经心地勾勒姜夏的正派品行。她竭力保住媒婆的角色，女孩该怎样打扮，该怎样约他出来，她都要细心地参与意见，这样日后女孩定会感恩戴德。她发现女孩穿上旗袍非同寻常的俏丽，遗憾的是，这种旗袍成了饭店女服务员的工作制服，女孩不可能穿它到大街上与人约会。师母竭力要让姜夏一睹女孩穿旗袍的销魂场面。按照计划，女孩提心吊胆地拨通了姜夏的手机。谢天谢地！姜夏同意和女孩一起去逛老街。那里是走私电器的老巢，她喜欢的劳力士表店也在那里。她跟他逛街几乎数着步数，无法让自己变得轻松。逛了一会，那些贵重的劳力士表已经让她熟视无睹了，她开始掂量该如何开口。也许是预先谋划，她无法表情正常地发出邀请。最后，她吸足了气，脸上堆起就义般的僵硬表情，提议姜夏去她的住所吃饭。她注视着他的脸，为了等到那判决似的答复，她差点把十根手指齐刷刷地咬在嘴里。姜夏看了看她，神情自若地说，好哇，我还真想尝尝你的手艺呢。

她带他走的那条路又宽敞人又少，这样步行去她的住所，大约需要十五分钟。那天，太阳被挡在云里，她期待乘着阴凉，他俩能走出点情绪来。路边没有一家商店，也没有一棵树，尘土被来往的出租车轻轻掀起，然后均匀地吸入他俩的肺。如果出大太阳，这条新建的路大清早便会暑气逼人。路边新建的小区看上去挺整洁，但留有不少遗憾。小区南边飘着清香的茶馆门前，有一两块下水道的窨井盖敞开了，散发出刺鼻的恶臭。 抬头远望，一群蚂蚁似的人在山脊上挖开了一个豁口，露出一片赤红的裸岩。 她满脸喜悦，柔情蜜意，昂首上坡的劲头像骑上了一个大梦想。 她摆动裙子，不时回头瞥他，含情脉脉地大笑，也许她自己真走出了情绪。 可姜夏呢？ 谁知道他脸上的表情究竟意味着什么？ 她怕姜夏不耐烦，开门锁时慌里慌张，几乎跌跌撞撞地冲进屋里。 窗台上有几盆鲜花，不知是哪天的风，把花瓣吹落了一地，她一直细心留着没去打扫。 她穿好旗袍从里屋出来时，姜夏正坐在门边的沙发上。 这一位满怀着临近婚礼似的生气勃勃，那一位却出奇的平静。 姜夏那双看着她的眼睛好像什么也没有发现。 他说，你家有股好闻的香味呀。 她无奈地指指地板、钢琴盖上的花瓣，沮丧极了。 她赌气地拿来笤帚，开始打扫花瓣，又硬着头皮说，这身旗袍是她专为将来结婚买的。 姜夏马上好奇起来，连忙打听那位新郎是谁。 她慌了神，忙乱地解释说还没有，但似乎对姜夏没起作用。 她的解释反倒让人觉得她有所隐瞒。 这下她弄巧成拙了，只好闪进里屋，换了一身睡衣出来。 她真后悔听师母的话，倒不如直接穿着这身和服式的睡衣，索性露出光溜溜的大腿。 她坐在姜夏对面，有点拘谨，也许觉得想法露骨，她不自然地老去拉溜向一边的衣摆，想遮住裸露的大腿。这个动作对姜夏产生了威慑力。他想，她在提防屋里的男人！

她又一次尝到了被忽略的滋味，为了不让自己难受，她起身打开琴盖，弹起一首钢琴曲。两人都被对方的假象弄蒙了。姜夏不像来时那样胸有成竹，认为她穿着受男人欢迎的睡衣，不过被闷热所迫而已。她的愉快里掺着一丝沮丧，不知道怎样挽回刚才的失误。她的手指恍恍惚惚地触着琴键，暂时不为裸露的大腿烦恼了。姜夏站在身后，欣赏着她优美的耳朵，暖烘烘的呵气几乎吹进了她的衣领里。她强迫自己镇定自若，耐心等着那个时刻。她太想成家了，太想结束漂泊不定的生活。她曾试图把检点的生活与不少男人联系起来，最后都无功而返。姜夏既英俊又腼腆，像一位值得信赖的人，也许对她意义重大。她巴望姜夏冒失地抓住在琴键上滑动的手，或冲动地搂住她的双肩，如果那样，她的心愿便大功告成。

姜夏满脑子都是她的肢体画面，他为自己的邪念微微战栗，道德的压力使他的脸色有些苍白。他熟悉男女之间这样或那样的沉默，每过一分钟，都觉得情况对他更为不利。一曲终了，她慢腾腾地侧转身子，他雕塑般的站姿使她手足无措，只好搪塞道，我要去厨房做饭了。 她手脚麻利地洗菜，在砧板上剁着煲汤的猪排，也许相信今天是一个吉日。 姜夏没有想到该去帮忙，反倒双眼圆瞪地坐在客厅的橡木桌边，有点欣赏地看着她。 她臀部滚圆，快二十三岁了，紧箍在腰间的围兜，显出比旗袍更美妙的效果。 她感到他的目光热辣，就是不明白他为什么老坐着不动。 做好饭菜，她去卫生间冲了澡，洗掉了粘在皮肤上的菜油气味。 洗完出来，发现他还坐在桌边，她真想顺势倒在他的怀里。 她用浴巾裹着湿发慢慢擦拭，说天气闷热，建议他也进去冲个澡。 姜夏不是钓鱼老手，以为这是客套话。 再说他做事一向磊落，从来要把恋爱和性爱分开的，不会像有些人会假借恋爱打擦边球。

　　肚子饿了，什么菜他都觉得神奇，他真心实意夸了她的手艺。 她还记得他以前看手相的神奇本领。"怎么？ 你到现在还信？"她肯定地点点头，微笑又信任地摊开手掌。 按他的理解，掌上的复杂沟纹中，有一组是说明性欲的。 她另一只手按着胸口，显得十分紧张。 他有好几年没给人看手相了，掌纹的具体含义他都记不清了。 他琢磨着那组掌纹，思量该说她的贞操完好无损，还是荡然无存。 他希望她变坏了，乐意迎着淫邪的目光。"你已经不是处女了。"他不过说出了心底的希望。"不！你肯定弄错了！"看来为了捍卫处女名声，她宁可放弃对他手相术的迷信，她情急之下说的话应该不会有假。唉，姜夏暗暗为她惋惜起来，她像一位守财奴，白白闲置了自己的身体。看来她对情欲之事是不会操之过急的。

那天，他俩的操行都称得上正派，她磨磨蹭蹭地把他送出门栋，心情极度黯然，还是没弄清他的确切想法。也许她对他操行的印象更好了，可是关她什么事？他俩都努力不让对方觉得自己轻浮，尽管目的各不相同。

39

师母主动约姜夏谈话。起先她爆发出各种大笑，说走在街上这位女孩总会找到讨钱的乞丐，朝铁罐投上几枚硬币。她常为这事嘲弄女孩，女孩总是轻松地为自己辩白说，她是个不信教的信徒。对她来说，传统和保守不是负担，这话是真的，她当不了伪君子，师母是真喜欢上了她，巴望她有个好归宿。师母边唠叨边注视着姜夏，希望他有所心动。姜夏漫不经心地听着，发现屋里盆花的枝叶有点软塌了，大概是没有及时浇水，沙发旁边还有一大堆用过后揉成团的纸巾。渐渐地，她对说服姜夏没有把握了，反倒露出了自己的心事。她的手指不安地绞在一起，焦虑不安嘀咕："我已经受不了啦，我不能再这样提心吊胆地过日子了，他的身体越来越差，随时可能一觉睡过去。"姜夏觉察到她对离开石城的后悔。她说这种病看医生也没用，不像她丈夫瘫痪了好歹还有个活人在。"你知道我年龄大了，要是教授死了，我满大街到哪儿去找对我又好又老实的男人？"她频频叹气，又说，"真不知道老齐现在怎么样了？"

姜夏顶着烈日，又去看了她几次，发现她的神色一次比一次不安。她给姜夏摆完丰盛的水果宴，然后就把话题转到她丈夫身上。偶尔，碰见慎教授在场，只要他转身去忙别的，师母又忍不住悄声对着姜夏的耳朵说上几句。姜夏已隐约感到，师母想怎样结束烦恼。屋里的酒和食物，都让她想起丈夫的烹饪术，和从前他们穿过林子四处漫步的轻松劲头。他们喜欢在石城摆着长凳和桌子的大排档前，吃龙虾和石城家常菜，暑期选择一座海滨城市度假，节日招些学生来家里吃饭，好好热闹一番。老齐是内地学界的大人物，晚年可以靠自己的地位过活，不像慎教授退了休，身价便一落千丈。姜夏临走前，师母见了他只谈一个话题：夫妻间的感情，不是谁想抹就能抹掉的。姜夏不敢跷着二郎腿不闻不问，又不知道该说什么。有好几天，他一直试图适应师母的新变化。

知道深圳留不住姜夏了，女孩频频穿着漂亮衣服来到师母家。也许她在胸脯、肚子上做了文章，三围的比例看上去让人不敢相信。那天，他们四人围着橡木桌打了最后一次扑克牌。慎教授嘻嘻哈哈，没觉察到其他人脸上的细微变化，和他们抽拿纸牌时发出的令人心神不宁的沙沙声。师母和女孩没有就此罢休，时常不约而同地说起一些意味深长的话。那天晚上，香烟的青雾弥漫在屋里，师母和女孩像比赛似的，一支接一支地抽烟。姜夏敞开厨房的窗户，烟雾还是纹丝不动，外面没有一丝风。姜夏也许习惯了过去牌桌上的典雅之风，对她们的异常表现有些吃惊。师母仍不忘她的媒婆角色，继续敲着边鼓："小姜要走喽，以后牌局可就三缺一了。"女孩强作欢颜地笑着补充道："我们会一直等他回来补这个空缺的。"挨到深更半夜，大家哈欠连天，告别也马马虎虎，像第二天还要见面似的。女孩和姜夏虽然都觉得不够劲，但告别起来，谁也没勇气说出自己的心事。

临近节日，火车过道挤满了人，沿途车站仍在出售站票。远远能看见人们发疯地奔向月台，把毛巾伸向不多的几个水龙头，飞快地洗脸。美丽的山谷间，火车像一串断开的金属项链，有些耀眼。许多旅客穿着体面的衣服，但身体肮脏不堪，他们多想在水中浸泡一会。姜夏不是第一次认识到水这么珍贵，除了供旅客吃喝、冲马桶，车上的水箱几乎剩不下什么。再说大家也不敢多吃多喝，厕所总是被人挤占着，每人每天能挤进去一次就不错了。姜夏闻着烟雾和汗渍混合的气味，听了许多令他惊讶的宿命故事。有些人形象丑陋，但有着惊人的阅历和说故事的本领。到了上车的第二天，大家都被一件事镇住了。火车刚驶出一条黑黢黢的隧道，就有人跳车了。据说这事发生在八号车厢，一位山东大汉显然坐火车坐得精神失常了，他突然大笑着跳起来，抡起重物，把对面旅客的脑袋给砸烂了，然后纵身跳出车窗。这件事让大家陷入了恐慌，不自觉地留意起那些神情呆痴的人。

出了石城车站，姜夏感到有点庆幸，他总算没被人砸烂脑袋，或他成天听人胡说八道，没听得脸色发青，怒起砸别人的脑袋。艰辛的旅途结束了，他终于回到可以真正休息的那张床上，开始品尝身心不受约束的滋味。他闭门睡了两天，校园的空气格外新清，还掺着一丝河水的气味，让他酣睡不醒。

40

王标参加过女友父亲的葬礼后，去了美国。在结交女人方面，他给姜夏投下的心理阴影随之消失了。以前姜夏最怕和他一起面对女人，他仪表堂堂又善交际，姜夏只有甘拜下风。那些一起留校的老朋友陆续走光了，姜夏不情愿地成了楼里的元老。那些新来乍到的人不多，但挺善结帮，搞了不少呼来唤去的活动，很少有姜夏感兴趣的。他以前作为谋士的名声，不知怎么传进了这些人的耳朵，他们纷纷跑来找他吐苦水。他最先听说了老李的事，接着目睹了楼里发起的轰轰烈烈的相亲活动。

老李年满四十，人中处留了一撇胡子，因为刚从一所不起眼的学校调进来，心情格外愉快。据说他从没结过婚，成天为换两三次衬衣操透了心，担心皮肤油垢会留在醒目的衣领上。他每天晨起刻意着装，好像天天有相亲活动似的。

他住的单间很小，确实不像结婚的人分到的房子。大家偏不相信他的话，认为他一定有过婚姻，可能是过得不痛快想加以隐瞒。谁也没料到，这位连指甲都要用砂布修磨的人，干了件稀奇古怪的事。

他打起了楼里女厕所的主意。

有一天，他对女厕所贪恋得太久，直到窗外有了淡淡的暮色，才鬼鬼祟祟地溜出女厕所。刚进走廊，他偏碰上了有双鹰眼的东北汉子刘伟，如果碰上眼神不好的其他人，他也许能糊弄过去，误以为他刚从男厕所出来。刘伟分明看见他从女厕所闪出，吓了一大跳。不过，刘伟神色镇定，拿着湿毛巾和脸盆与他擦肩而过，佯装不知。老李的反应没跟上趟，其实他只需哈哈一笑，解释说自己跑错了厕所，刘伟是不会留下心眼的。第二天，他又壮着胆子闯了进去。这次刘伟早有准备，他守候在宿舍的木门后面，记下了他进去和出来的时间。那可不是闹着玩的，他在女厕所里整整待了两个小时！消息不胫而走，传遍了所有单身汉的耳朵。老李穿裤头蹲在女厕所的豪放作派，的确超出了年轻单身汉们的想象。他们意识到，对老李的胆大妄为，他们不能不予理睬。

老李听到刘伟的敲门声，面色苍白，他刚从一幅幅肢体画面的想象中缓过劲来。刘伟嘿嘿嘿笑着说要为他介绍对象，他当然挠头，有点受宠若惊。单身汉们不希望眼睁睁看着一位同类被警察拘留，他们真心想帮助他。老李因祸得福，不然，谁会有滋有味地帮他介绍对象？他们为老李成立了介绍对象的小组，老李的猥琐事他们守口如瓶，没有走漏一丝风声到住家户的耳朵里。因为老李的缘故，他们破天荒地第一次把自己认识的女人介绍到楼里，不像从前，从不肯把她们引荐到这个如狼似虎的单身汉圈子。老李每次和她们闲扯够了，又不太开心，原因不是她们嫌他老，就是他嫌她们瘦。老李对女人的趣味，被其他单身汉总结为"揉面"，他只想把女人当大面团揉。幸亏老李工资高，又在大学教书，加上介绍人摸准了他那庸鄙不堪的趣味，为了他不蹲女厕所，老天爷总算赐了他一位浑身滚圆的女人。在他眼里，她滚圆的肉体像燃烧的柴堆一样壮观，令他热燥。结婚后，有段时间他还住在楼里，他改掉了以前在腋下夹本书的老毛病，腋下开始夹着他的"大面团"的手臂。有时夜间，屋里那不经意的令人难堪的声音会走漏到隔壁。第二天，单身汉们便聚在一起窃窃私语，津津乐道老李的肾，说这么放纵下去，肾亏将不可避免，亏到极致，面对女人他将一事无成。

41

齐教授试着丢开拐杖，摇摇晃晃地自己打水洗脸。 姜夏来看他时，他的脸上没了愁容。 他们握过手，相视片刻，一个字也没提师母。 他走动时整个重心倾向一边，姜夏缓慢地跟他来到院子里。 院墙上攀满了爬墙虎，但叶子微黄，地上的盆花也像倦极了似的耷拉着。 离墙根不远，有口浇花用的水井，沙石砌的井台坚固又美观。 他让姜夏把系着绳子的木桶放到井底，帮他打水上来浇花。 教授没把姜夏培养成书呆子，尽管姜夏领略到了教授的愁意，但他对师母有悔意的事只字不提。 教授给他做了一道炸肥肉的菜，外皮像京果一样酥脆。 教授说这道菜是专治消瘦的，你特别需要，吃了就会奏效的。 临近傍晚，他陪教授去散步，教授跟他谈起了一本史书。 教授就会讲一些历史故事，似乎他就是用这些故事应付上司的。 路上，他们碰到了许多熟人，不时有人加入到他们散步的行列中来。 慢慢地，话题被别人引到了时事上，大家冒着焚烧垃圾的淡淡的烟雾，热烈地争论起来。

星期一上午，本来有股力量催促姜夏去上班的，偏偏他头天失眠，索性睡起了懒觉。十点左右，隔壁的住家户咚咚来敲门，告诉他有人从家乡打来了电话。他衣冠不整地冲进那户人家，听出话筒那边是他的大姑。她的声音听上去挺不赖的，就好像有喜讯要告诉他似的。"你知不知道奶奶的事呀？"没等姜夏回答，她又说，"你莫着急，"她顿了顿，"奶奶已经好多了，上个月她在厨房摔了一跤，现在是我在料理她呀。"她对发生的细节轻描淡写，好像在讲一个无害的故事。听了半天，姜夏才弄清来龙去脉。大姑为了操办丈夫的生日宴席，请奶奶主厨，她特意从菜场拎回一只活公鸡，让奶奶宰杀。公鸡割了脖子没有断气，又从奶奶的手中飞了出去，老太太连忙在后面追赶，一脚踩上了地砖上的滑腻腻的鸡血……奶奶差不多在医院躺了一周，又被大姑接回家。她说奶奶整天乐呵呵的，她作为女儿也体贴入微，成天陪奶奶聊天、打牌解闷。奶奶有时依靠一只高脚方凳下床走动，她呢，成天为奶奶熬汤药、炖骨头汤。末了她长叹一口气，"唉，你父母、叔叔只晓得出点钱，哪晓得我的苦衷呀，奶奶大手大脚惯了，我手头紧一点，她就跟我翻脸，他们给的那点钱哪够她花销啊。"她说奶奶最近跟她闹别扭，对家里的伙食不满意,除了抽烟,喝好茶,成天要求吃大鱼大肉。

"她的腿真没事了吗?"

"没事,就是她的花销让我受不了。"

"大姑你别急,我马上汇点钱过来。"

邮局在校门外的镇街上,离单身楼有一里路远。姜夏有一阵子发疯似的给同学写信,与那里卖邮票的营业员混熟了。去邮局的水泥路面有些损坏,教授就是在这条水泥路上摔坏了股骨颈。姜夏没有觉察,反穿着一只袜子上了路。过了早晨人车拥堵的上班时间,路上已很冷清。姜夏轻轻地走进邮局,生怕惊动那里的营业员。他在汇款单的留言栏,发自内心地写了一句祝福的话。老太太性格刚烈,这笔钱也许能帮她掩饰内心的脆弱,在儿女面前维护一点尊严。他大概是第一百次见到那位老气横秋的营业员了,那人没事可干,歪着脖子,一声不吭地瞅着他。他下笔飞快,有些笔画几乎就是删除线,他急切地想从那人的注视中脱身出来。

他慢悠悠地回到宿舍,看见邻居在擂他的门,这次电话是他母亲打来的。邻居户主是位好管闲事的弱小男人,刚从外地调进大学,一家三口为了等分房,暂时屈就在这栋单身楼里。他的女人不可思议地高大、白净，洪亮的嗓门在叫人接电话时派上了用场。看着这些爱惹是生非的单身汉，她时常会脸颊发红，露出一丝羞怯克制的神情。她家已经成了义务电话亭，她乐意他们进进出出，让家里弥漫着年轻的男性荷尔蒙的气味。对这些性欲亢奋的单身汉，小男人毫无戒心，全然不知他们在背后搞的把戏。有一次，他们密谋要看他的女人洗澡，他们打算利用二楼半的昏暗，放置几个反光镜。谈论这个计划时，他们异常亢奋，心理上似乎已经得到了满足。谢天谢地，幸好他们知道这种事终归要露马脚，加上那位心肠厚道的小男人，张罗着为他的女人庆贺生日，一桌像模像样的菜，堵了这帮小子的邪念。不过，在这位风韵犹存的主妇和跃跃欲试的单身汉之间，始终存在一种岌岌可危的平静。

　　母亲的声音非常焦急，她抱怨打了三次电话姜夏都不在。她几乎命令姜夏：你不许给奶奶寄钱！当姜夏说，他已经把钱汇出去了，她几乎暴跳如雷。"那个婆娘又把你骗了，我们已经给过她钱了呀。"她大骂大姑厚颜无耻，竟向下辈伸手要钱。姜夏边听，边把脸埋进另一只手里，不想弄清他们之间的恩怨。"不管怎么说，这笔钱寄给奶奶了，只要钱在奶奶手里,你们就别操心了。"

"噢,不,她会想方设法从奶奶手里抠出这笔钱的。她一会说给奶奶熬汤,买新衣服,一会说药费太贵,需要奶奶贴补。反正,奶奶老得稀里糊涂,随她摆布。等把钱弄光了,她又会找各种理由伸手向我们要。昨天我到她家里去过,你猜她给奶奶熬的是什么汤?几根稀稀拉拉的筒子骨,汤里只看到一点骨髓油花。她哪是给奶奶做饭,简直是做生意,你说这种汤能值几个钱?她怎么好意思每个月向奶奶要五百块的伙食费?"

姜夏听得目瞪口呆,甚至感到了一丝痛楚,他答应母亲,以后不再单独汇钱给奶奶了。有好长时间,母亲的抱怨在他耳边嗡嗡作响,他的心情的确没法形容。他没想到给奶奶汇钱的事,成了大家不想给钱的挡箭牌。母亲隔几天,就向姜夏通报家乡的消息。比如,小巧玲珑的小姑碰到要出钱,就重复那句老话:"我家每天能做出三顿清水饭,就算不错了。"她所在的工厂没活干,四十岁以上的人都退休回家了,她虽然圆了往日爱睡懒觉的心愿,但日子过得磕磕绊绊的。她的丈夫不甘心待在家里,四处干劳身伤肺的翻砂活。他成天在街头巷尾的工匠铺转悠,希望能揽到一件翻砂大活，一件能让他在老婆面前，痛痛快快发顿脾气的大活。他们有位女儿颇引人注目，快从中学毕业了，她的样子漂亮、天真，无法体察父母为了喂饱她，成天在外面忍气吞声，低三下四。也许在大姑眼里，妹婿最终能找到的大活，不过是到她家来侍候跌伤的奶奶，混吃混喝。

姜夏的父母住在有浓烈气味的堤边，一家造纸厂的排水管，朝堤外的江面排放着充满化学气味的草酸和废碱水，初来乍到的人都会感到窒息。他们每天迎着草酸和废碱水的气味起床，习惯把家族邻里关系梳理一遍。对照一年来姊妹兄弟的表现，他们对大妹提出了异议。奶奶的花费平摊起来并不容易，他们要求大姑出示一本透明账，但大姑不可能照他们要求去做。奶奶经常莫名其妙地便血，腿伤不像大姑说得那么简单，奶奶又刚强、要面子，不会大诉其苦，愈加让大家忧心忡忡。治疗没有取得进展，奶奶的腿变得木乃伊似的干瘦。姜夏的父母怨大妹爱折磨人，就是她偷懒的一念之差，让奶奶摔了跤，害得大家陷入分担费用的烦恼中。大妹偏误解了两位哥哥对母亲的关心，这场马拉松似的治疗，成了大妹四处要钱的借口。

姜夏的叔叔住在远离小镇的省城，每次大妹问他要钱，他也左右为难。他惴惴不安地拿着电话支支吾吾,"哦,是吧? 那……那好吧。"老婆一听到他说"好吧",便阵脚大乱,"喂,你怎么又答应她了?"她的脸气得变了形,不过她不拿东西撒气,不骂人,找个能靠背的地方,坐下来就一整天不挪窝,横竖不吭声。说得轻点,她恨丈夫喜欢揽事,打肿脸充胖子,说得重点,她倒了霉,找了位不把她放眼里的男人。她尤其痛恨大妹要钱时的优雅腔调,大妹年轻时当过小镇汉剧团的青衣,曾经红极一时,平时说话习惯声情并茂,拿腔作调。没错,用这种忽忽悠悠的腔调来要钱,的确令人作呕。只要丈夫流露出给钱的念头,老婆便成了一条横在他眼前的不吭声的壕沟,这个做法时常奏效。有时一点区区小钱,丈夫只能瞒着老婆汇给或托人捎给小镇的母亲。

42

师母是第一次给姜夏来信。他一边拆着厚厚的信,一边踉踉跄跄地有所预感。师母抱怨,慎教授又添了许多白发,耳朵旁边还长了一个囊肿,直径大约五公分,她不知道他的心脏能否撑得住这个极其普通的门诊手术。接下来她写道:

"你真傻呀,人家小璐一直念叨你,你走后她彻底绝望了,心灰意懒。小郭追了她七年都没追上,现在他提出和她结婚,她马上答应了,他们就要举行婚礼了。我真为你们两人感到惋惜!"末了她干脆放弃了暗示:"有点内幕告诉你,谁家父母都不会给女儿这么多的嫁妆,整整三十万元,据说她以前给父母的钱比这多得多,可想而知,她的个人财产有多少……"

他感到了从深圳吹来的一股冷风,师母一定紧咬牙关,情绪低落又无奈,也许情况还不止这么糟糕。慎教授的境况离想象差了十万八千里,她领教够了他的宏言大话,毫无可以与她丈夫说的名人名句的相比之处,她听的时候,难免要替他难为情了。她又开始蓄头发了,她要做的只是区区小事:欢天喜地地回到喜欢长发的丈夫身边。你瞧,从她对丈夫气势汹汹的咒骂,到审时度势的怀念,她掐头去尾只用了五个月的时间。姜夏一把火烧了来信,他的额头抵着窗玻璃,望着浓密的水杉林,内心既轻蔑又喜悦,似乎还闪烁着邪恶的荧光。

齐教授终于摆脱了那副金属拐杖,身上的肿痛彻底消失了。他对姜夏当然怀着感激,他变得像姜夏的师母那样,喜欢用手搭着姜夏的肩膀说话。对姜夏来说，得到那只肥厚、粗鲁的手的信任，胜于一切言谈。窗外飘来阵阵树叶的清香，令人心生遐想。师母离去后，教授的情欲得到了升华，他把师母的照片摆放得满屋都是，细心用钢笔写了不少说明文字。看着那些文辞璀璨的句子，姜夏不免感到吃惊。教授对历史的嗜好，没想到在这里派上了用场。教授就差把师母踩踏过的地毯也挂在墙壁上了。屋里那么多的喜笑颜开的照片，的确像阴森的屋里升起的一道道彩虹。

　　教授已经不能忍受那位心肠厚道的保姆，她手臂毛茸茸的，浑身菜味，除了让他感到伟大的善良，没有一丝女人味。他多给了半个月工钱，把她撵走了。他为自己营造的环境既孤寂又幽雅，屋里还不时飘出悠扬悦耳的乐曲声。他的伤患恢复得比医生预料的要快，身体经过痛苦的指点，仿佛走上了正途。他凝视照片的神情有时难免恍惚，好像想玩命领会妻子那些微笑的深意。照片里，他站在妻子旁边，样子肥胖，脸上布满不费脑筋的神情，好像从不知道什么是发愁。照片外，他的表情似乎隐忍着痛苦，几条皱纹隐约表达出对已逝去时光的缅怀，的确感人肺腑。手术以来，教授患上了胃病，越发惦念起师母的厨艺。是的，这些共同的惦念，让姜夏的嫉妒有所缓解。有时，他和教授索性一起去餐馆吃饭，饭后漫无目的地散步，甚至一起谈论师母。这时，教授的伤感，姜夏充满欢娱的非分之想，都不是一时一地的心血来潮。

43

姜夏奶奶的房间又小又暗，她必须学会在福相的大脸庞变尖后，保持体面。就是下床蹲痰盂，她也要穿上蓝布侧襟罩褂。为了不愁眉苦脸，她每天要吃上十来颗止痛片，缓解股骨颈的刺痛。为了重现往日健康时的乐趣，她坐在床上，自己跟自己玩骨牌。她胸有成竹的样子，的确令人感动。这些骨牌比扑克牌要复杂，完全是纯中国的玩意儿，适合消磨无聊的时光。谁也说不清，她忍受了多少痛苦，才给周围的亲人带来了不寻常的平静。后来，她再次出现严重便血，夹在指缝间的香烟时常掉到地上，这是不祥之兆！

这次与往常不同，姜夏提前接到了母亲的电话，她声嘶力竭地告诫姜夏，对家乡来要钱的任何电话，他应该一律不予理睬。"你母亲说得对呀，那种电话都是圈套，除非你是一个大傻瓜。"姜夏父亲从她手里夺过话筒，几乎恶狠狠地补充了一句。 在父亲眼里，姜夏的聪明只是冒牌货而已。不出所料，下午四点左右，大姑打来电话，说奶奶快不行了，快汇钱来救命！ 姜夏左右为难，这件事确实有些不对劲，奶奶不行了也轮不到靠他的汇款来救命。 难道大姑、小姑、叔叔、父亲，他们只是奶奶病榻边上的无关痛痒的旁观者？

姜夏把眼眉轻微皱起，硬着心肠说，你们设法先垫钱治疗吧，这个费用我到时肯定会分摊的。 那边的话筒马上交到了姜夏的舅爹手上，他们大约三年没见面了。 小时候，姜夏常去舅爹乡下的农舍度寒暑假，他的血喂饱过那里的蚊子，肺吸足过山里纯净的空气，胃填满过带煳味的锅巴粥。 他最喜欢那条贯穿全村的山溪，冰凉凉的，可以清嗓醒脑。 他坐在溪边的条石上，美滋滋地设想过自己的未来。 大概是舅爹出面帮忙，姜夏父母终于从西北调回了老家。 姜夏记得父母把家具从火车站搬到造纸厂时，工厂大院里围满了看热闹的人。 几件可怜巴巴的家具，已经摔得遍体鳞伤，像垃圾堆在院子中央。 他们的潦倒出乎那些南方人的意料。 那个令人寒心的场面，从此深深印在了姜夏的脑海里。 他知道父母为了两年一次的回乡探亲，耗尽了财力。 为了探望在老家上学的儿子和女儿，他们把积攒起来的钱，几乎全部用来买了火车票。 后来姜夏有了钱，便设法拿出来支援父母。 他恨大姑把舅爹也拉扯进来，她企图用舅爹的旧恩和长辈的权威，压他就范。

　　大姑本来指望这招奏效，几乎差点奏效了。"舅爹"这个称呼如雷贯耳，让姜夏说话战战兢兢的。 他拿着话筒不知所措，希望在舅爹的旧恩，和父母的告诫之间快些作出选择。 出人意料，舅爹末了又婉转地说，"我晓得你蛮顾家的，莫为了这件事把里里外外关系都弄僵了。"这个提示显得意味深长，放下话筒，姜夏心里反倒更加不安了。 不到十分钟，邻居又来叫他，这次是父母打来的。 他们刚得知舅爹给姜夏打了电话，非常着急，血流几乎在血管里停住了。 当他们得知姜夏没有汇钱的打算，心里踏实了。 他们继续重申对姜夏汇钱的禁令，不管母亲说什么，绕了多大圈子，都能听出那唯一的弦外之音。 姜夏虽然有过一丝疑惑，很快就没心没肺起来，他被这几个电话搅得腻烦透了，相信奶奶即便遇到不幸，家乡那边的亲戚也会为她排忧解难的。

44

教授在办公室门前竖了一块牌子，上面注明了这个月的小组活动。自从教授摔伤以后，小组活动完全停顿了。因为教授不在场，马厉懒得表现，他觉得教授不坐在讲台下，他表现了也是白搭。这种品德尽失的氛围当然令人沮丧，姜夏知道自己单独支撑场面的日子已经过去了，教授来上班，自己又成了参谋人员。

整个教研室的研究早已化整为零，每位教授各干各的，连设备都避免共享。比如，杨教授研究教练弹，他画完图纸，只好像位搬运工，用板车拖着细长又难看的钢料，运到校办工厂去加工。他一边看着车刀飞旋，一边从兜里掏出云烟，笼络一下车工师傅，希望少算一点加工费。他经常午饭都不吃，用板车拖着加工件从工厂出来，到几里外的风洞去做实验，他已经不觉得这条路有多么长了。一次，姜夏穿过水杉林去实验室，路上碰到了杨教授。他艰难地推着一辆板车，车斗里放着一台笨重的测试仪，他不停打着喷嚏，在温暖的春季竟然裹着一身棉衣。显然他感冒发烧了，浑身冷得直打颤。 姜夏帮他推了一程，赔笑说了一会话，实在不忍心拂袖而去。 与齐教授不同，杨教授只知道蘸墨水写论文，站讲台吃粉笔灰，最多透过自家窗户，在夏天看到一点意外的风情画面。 他不会多找一点麻烦，连齐教授的职务在他看来也相当麻烦。 势利的后生有谁愿意追随这样一位教授呢? 沉闷乏味不说，还得跟着吃苦，忍受凄凉寂寞。 所以姜夏除了同情，假模假式地帮他推上一程，说些不起作用的讨巧话，不会有实质性的举动。 他看着杨教授孤零零地推着板车远去，不禁感到一阵脸红。

齐教授上班后，忙着应付上边的询问，部里对国外这种弹就要定型的消息有些着急。 教授接连召开了几次会议，他甚至怒气冲冲，批评了在会上打瞌睡的人。 有位姓张的专家，最厌烦这种没用的会议了，他把小组任务撇在一边，请姜夏私下来帮忙。 他写了一篇论文，缺少稳定分析一节，没有这节论文发表不了，他不擅长，只好来找姜夏。 他望着姜夏满面堆笑，提议把姜夏的名字列在他的名字后面。 他实话实说，这节只是走过场，给出个漂亮的演算便能糊弄人了。 姜夏希望自己的名字四处出现，会后他跟着老张去了办公室。 他们在那里演算了一小时，就像填表格般不费脑筋。

末了老张兴致高昂地要请姜夏吃饭,被姜夏婉言谢绝了。姜夏清楚他是位酒鬼,喝醉酒就成了变色龙,一会儿大发善心,一会儿怒气冲冲。他醉酒后的忏悔词长篇大论,令人惊愕。每次他都借着酒劲,指桑骂槐,最后总要别人来收场,他心里其实对齐教授的地位嫉妒得要死。不论老张辱骂谁,姜夏都要回避,在成名成家的路上,姜夏如履薄冰。

平时凌乱空荡的会议室,突然布置得庄严肃穆。齐教授为此事熬红了眼,接连几天,他让大家忙个不停,准备迎接部里领导的视察。不少有关实验的报告,已经打印出来装订成册,一摞一摞恭敬地摆放在铺着蓝桌布的条形桌上。为了给见面仪式增添光彩,教授特地嘱咐打字员,换上漂亮的时装,届时充当倒水沏茶的服务小姐。打字员是位混血儿,有四分之一的俄罗斯血统,个子惊人地高,平时喜欢穿遮掩身体曲线的宽大衣服。开头让她穿时装倒有些麻烦,她说自己个子高,向来没有也不穿时髦的衣服。后来教授双手抚头,说要自己出钱替她买,她大概受了刺激,终于跑上街买了两套筒裙套装回来。她的腿像第一次见到天光似的,从裙摆下怯生生地露了出来,白灿灿的,令人侧目。她穿着这身衣服见到同事,都有些不知所措,不自然地老低头去打量自己的大腿。她觉得不应该在场时，就一个劲地后退，敏感地退回到自己的那张破桌前。

会议室里没人敢抽烟，烟鬼都忍着烟瘾，安静地等着领导到来。教授让打字员紧跟着他，准备让她的两只手臂充当领导的活动衣架。领导当然比教授高明半分，他们总会不经意地迟到一小会，一行三人像三头大象在走路，慢腾又沉稳，脸上的表情像在研究道德学。他们穿过毫无生气的大楼走廊，看见了恭候在教研室门口的齐教授，三张脸齐刷刷地挤出一丝笑纹。教授预先在会议室的黑板上，用楷体板书了啰里啰嗦的欢迎词，期待引起他们的注意。领头的小个子就是姜夏在靶场见到的那位大人物，他走过黑板时，矜持地侧脸扫了一眼，令人难以琢磨地耸了耸肩，脸上的笑纹像盖在纸上的章印一样，纹丝不动。表面上领导很谦恭，和大家相处得很好，其实领导的好脾气里藏着不满、挑剔、埋怨。打字员手脚不勤快，老要教授示意她从墙边走过来，给领导沏茶。她的明星样子引起了领导的注意。

小个子把眼镜从鼻梁上摘下来，好奇地打量她，打趣地说，你们不会雇了一位礼仪小姐吧，我上次来怎么没见过她？会场上马上响起了众人快活的笑声，沉闷被一扫而光。

打字员沏完茶水，受宠若惊地搓着手，退回到墙边。姜夏则像无助的羔羊，在台下战战兢兢地等着发言，不过轮到他时，会场的气氛已经相当有利了。事先教授对他进行了指点，其实姜夏嘴里说的，都是教授心里的委屈。教授大概把股骨颈摔坏的账，也算到了这项研究头上，如果不是他东奔西跑无暇顾及，老婆也许不会拂袖而去。三位领导不懂得姜夏说的专业术语，但听得津津有味，他们习惯了下属汇报工作的这套八股程序。教授最近的遭遇，三位领导略知一二，这是他们大伤脑筋的。他们担心教授一蹶不振，辜负了他的鼎鼎大名。也许出于感恩，教授向他们隆重推荐了姜夏，似乎收到了效果。小个子像赐予姜夏恩宠似的，问了他几个小问题。姜夏一边回答，脑子一边闪出了师母的形象。在如此可怕的紧张气氛中，姜夏的脑海里如此风情万种，确实令自己大吃一惊。庆幸的是美艳撩人的画面没有让他的发言跑题，他终于给了领导能够自圆其说的好印象。他脸颊上的潮红，根本不是别人以为的紧张，他实在是为在如此庄重的场合，想到那些淫邪的事，感到窘促万分。

教授的确深谙人情，到了晚上，白天对他不利的阵势，就被他预先的盘算扭转了。打字员陪着他们吃完晚饭，又被拉到宾馆的卡拉OK厅陪领导跳舞。她高出他们半个头的身材，让他们乐滋滋的，爱不释手，轮番上阵搂着她的高腰，跳小拉或三步舞。姜夏等人这时完全成了多余，在旁边赔笑观看，献媚地给三位领导一阵阵掌声。在这种声色犬马的场合，什么都不会的人才感到万分凄凉。姜夏闷声不响地喝着啤酒，眼睛色眯眯地打量着打字员的大腿。环境变了，领导刻板的言行也变了，他们成了生龙活虎的行乐者，大厅里有为他们纵欲助兴的气氛。教授坐在黑暗的角落里暗自高兴。偶尔，一道旋光灯束会透过跳舞人群，照亮教授那张神情宽慰的脸。歌休舞歇，教授又把他们带到珍宝舫吃夜宵。那里到处是假树，穿着中式侧襟衫的应侍生，见他们朝店里走来，殷勤地拉开磨砂玻璃大门。姜夏从没在深更半夜光顾过这类场所，厅里人声鼎沸的场面让他大为惊讶。门外的小巷清冷寂静，等醉酒的食客出来呕吐时，才变得闹腾真切。这是一座名副其实的阴郁之城，入了夜，街巷的路灯暗昏昏的，把大家照成病歪歪的样子。但蒸气袅袅的珍宝舫，倒给了外来者这座城市有成熟的夜生活的迷醉印象。

领导宽衣解带准备睡觉时，大概已经为这次视察得出了结论。无需指点，他们明了教授的意图，在做出决定的微妙时刻，不会不想到将来他们兴许会有落魄卑微的时候，他们施与下属的恩惠越多，将来的退路也越多。教授把他们送到机场前，再次得到了领导的口头承诺，心里有说不出的高兴，他保住了部里给小组的预算，据说以后还要扩大。经过这次领导视察，打字员变得精神抖擞，容光焕发，越来越性感，扭转了过去不穿时尚衣服的自卑心理。当然教授奉劝小组成员，以后一定要听从指挥，要像这次对待视察一样，发挥团队精神。他特地列举打字员的例子，为她这次识大局而高兴。

45

姜夏又听到了邻居的敲门声。母亲的声音不像以前那么急促，她平静地告诉姜夏，奶奶去世了。姜夏愣愣地拿着话筒，站在邻居家的梳妆台前，瞧见镜子中自己的嘴巴张得老大，露出了深红色的舌头。母亲说葬礼的细节尚需亲戚到齐了再作安排，接着她劝他不要回来，别花冤枉钱，死者不能复生，活着的人别把自己弄得太窘迫。这个消息不再让姜夏有以前那种不知所措的感觉，他知道自己必须违抗母命回老家一趟。他为自己找到了回家的借口。他的话几乎让母亲伤心落泪，说他忘不了奶奶的养育之恩，说母亲不一定能体会奶奶养育他的那些艰辛。

姜夏当然还记得从老家考上外省大学时的那阵狂喜。那时，他的心情就像即将逃离虎口似的，远在西北的父母给他汇来了一小笔款，像是作为这么多年不在他身边的一种补偿。堂屋里吊着裸露刺眼的白炽灯泡，爷爷奶奶第一次把他当大人待，烧了一桌荤菜为他送行。他第一次被允许喝点酒，身子在长凳上暖洋洋地飘起来。他与奶奶的对立关系，突然永远结束了。那只磨得发红，扇过他无数次屁股的竹板戒尺，再也派不上用场了。姜夏记不清，奶奶用这把戒尺到底打过他多少回，这些不愉快的经历即将成为一道令人难忘的彩虹。小妹呢，她永远是爷爷奶奶的宠儿，上大学后，他再也用不着嫉妒她了。小妹俗名小红，她总不肯剪掉那条麻花长辫，奶奶抱怨这条麻花辫耗费了她不少凭票供应的肥皂。她经常当着爷爷奶奶的面，在姜夏面前为所欲为，似乎向他炫耀，她是家里唯一的例外，可以明目张胆不遵守爷爷奶奶的律法。她的脸窄长而富有轮廓，鼻子小巧挺括，笑起来嘴角下边有两个讨喜的酒窝，额头盖着一撮自来卷的刘海。她常为自己过高的胸脯感到害羞,当她穿行在闲言碎语的人群中,恨不能用绷带把胸彻底束平。她当然不会想到,十多年以后,许多男人会冲着她高耸的胸部挤眉弄眼,以前认为是缺点的胸部,成了男人眼里的尤物。

小红早恋的事让姜夏伤透了脑筋。那时,父母已从西北调回老家,每次寒暑假姜夏从学校回来,母亲总是第一个向他告状。她欠着身子,样子严肃又发愁,悄声对他说着她的新发现。只要门哐当响一下,她立马直起身子,心虚地改换话题。小红那本带锁的日记,始终像和尚护驾展出的舍利子似的吸引她,她终于利用小红的一次粗心,拿到了开锁的钥匙。这本散着浓烈香水气味的日记,让她的脸彻底耷拉了下来。她没想到小红初一就开始恋爱了,一年不到谈了三位男孩。小红在感情上像位风情女子,毫不拖泥带水,说不爱了谁也别想让她回头,整本日记让人感到了小女绝情的阵阵寒意。

母亲压抑着愤怒,巴望她对小红的谴责、鄙视,能得到姜夏的附和。她觉得小红离女流氓已经不远了。小红咯咯咯笑着回来时,没有注意到家里肃穆、隐忍的气氛。她蹑手蹑脚地走进自己的小房间,没料到哥哥在里面。与平时的印象相反，哥哥也耷拉着脸，他正想象那些小男孩解开她衣扣的那一幕，这个想象吓了他一跳。他仔细端详着妹妹，发现她最出彩的是身段，把普通的T恤衫和牛仔裤撑得十足性感。只要开口说话，他想做老好人的回旋余地便荡然无存。他觉得自己的角色有点滑稽，他还没真正谈过恋爱呢，充其量只见过一两位裸体女人，却要对妹妹爱欲横飞的秘事说三道四。他的样子简直像背百科全书，这些不需要验证的观点他从小就烂熟于心了。他要用这通连他都不相信的演说，纠正小红的看法，让她相信少男少女渴望的爱情，是一堆散发着霉臭味的成人垃圾。小红马上意识到了事情的真相，她当着姜夏的面，把日记一页页撕得粉碎，她甚至故意大声宣布（好让在客厅打扫卫生的母亲听见），从今后她再也不写日记了。这时，姜夏又不厌其烦，忙着疏导、平息小红对母亲的怨恨。

那些让她声色突变的男孩，固然令她方寸大乱，但她后来没有和其中的任何一位结婚。这些早恋的事，害得学校勒令她退学，她懊丧地写了无数检讨书都没用，最后只得拿着一张肄业证，离开了学校。有个时期，她孤僻地长时间待在自己的房间里，这时她才体会到这所中学的校风既刻板又风趣。全校学生是从全地区三万名候选者中筛选出来的，在课间和吃饭时间，他们能听到代表不同含义的军号声。每次召开全校大会，老师都要组织台下学生唱几首高亢激昂的正统歌曲。最让她紧张和激动的时刻，是体育老师上台发言。他腿长身短，脸上的纹路有一种成熟的魅力，他被女孩子私下尊为"王子"，一举一动都受到推崇。他鼻梁挺拔，表情严肃，脸像高加索人似的轮廓分明。他善于煽起学生的热情，所以上他的体育课，总是热热闹闹甚至乱哄哄的，别的老师当然看不惯。许多女孩就是在这种宽容或者说纵容中，暗恋上了体育老师。他命运的任何变故都会让她们心弦紧绷。

一次，体育老师家里发生的事，把小红这帮学生吓坏了。他们去食堂路过他家时，突然从黑洞洞的门里飞出了一只金属痰盂，又一只搪瓷痰盂，接着还飞出了花瓶和痰盂盖子，屋里震天价地响起一阵俄语的咒骂声。小红这帮学生，嘴角咧来咧去的，愣不敢从门口走过去。事后，他们一个劲传播着这个消息，传到后来，体育老师成了女孩们都想拯救的对象，身价倍增。小红退学后，远离了体育老师，心中感到无限遗憾，她没有颜面再靠近学校，哪怕是隔着透明墙看他上体育课。

她的通讯录中夹着一张龙图案的文身纸贴，是最后一位男友送给她的，曾建议她贴在大腿上。正是这位男孩断送了她的前程。母亲的确被她的开窍吓得要窒息，但不会把这些乱七八糟的事捅到学校去。一天，在男孩的再三怂恿下，她跟他钻进了一间平时不大用的物理实验室。他们跑到台桌下忘情地欢爱，被来回巡视的校保安从窗外发现了。校长欠着身子，阴沉着脸，在办公室来回踱步，不时抬头打量这两张无比年轻、惶恐不安的脸，惊讶得说不出一句话来。没过多久，校长勒令他们退学，正式公文上隐瞒了退学的原因。别人以为他俩退学后会厮守在一起，其实从退学那天起，他俩就各奔东西了，好像早就彼此厌倦了似的。

46

姜夏乘坐的汽车绕着安徽的盘山路颠簸，颠得他快要呕吐时，总算到家了。小红马上过来看他，妹夫闷声不响地跟在后面，似乎不知该跟姜夏说什么。妹夫看上去对小红言听计从，反倒让姜夏有些不放心，他隐约感到妹夫内心的躁动与言行不符。姜夏没顾上吃饭,让小红陪着他去大姑家看奶奶的遗容。那时,树叶刚开始往下落,天不算热,奶奶穿着干净的对襟深蓝罩褂,僵直地躺在竹床上。大姑看见他们进来,马上哭了起来,弄得屋里所有人的眼睛都湿漉漉的。姜夏没有哭,尽管难受的感觉在心里翻腾着。他发现奶奶瘦骨嶙峋,以前丰润的模样了无痕迹,她像累极了似的躺在那里,生怕有人再来打扰她。大姑的最后一声抽搐,比谁都来得早,之后她又眉飞色舞起来。不知小侄女什么地方逗乐了她,她望着还在伤心落泪的小侄女,和站在墙角的小姑忍不住一起捂嘴偷偷乐起来。这个细节如果不是姜夏亲眼看见,不大会相信。看来要让大姑小姑真正悲痛,还真不容易。当然他也没有学会如何跟竹床上死去的奶奶打交道,他把指甲掐进掌心,仿佛暗暗用掌心的疼痛来表达哀伤。他没有流下一滴眼泪,让周围的亲人很不习惯,许多双眼睛目不转睛地盯着他。姜夏是奶奶的独孙子,连他的父母也纳闷,他怎么能没有一滴眼泪?

当悲痛变成了仪式,悲痛就掺进了杂念。手、脸、脖子都晒得发红的乡下亲戚陆续赶来了,只要有人进门,屋里就充满了哭声。渐渐床上、桌上堆满了奔丧者送来的五颜六色的帐子，像嫁妆似的让人羡慕。很快，姜夏被这种哭声弄得疲惫不堪，他发现大姑泪水扑簌，把泪腺发达的乡下亲戚应付得心口服帖，尽管她没有一丝悔恨，心里没有受伤的感觉。姜夏权当奶奶还会醒来似的，在墙角冷眼旁观。为了举办丧事的费用能顺利分摊，赠礼能公平分送，奶奶的小弟被请来主持公道。这回姜夏单独交给小舅爹一笔用于葬礼的钱，又引起了争议。大概知道奶奶再也听不见了，大家无所顾忌地为分摊费用互不相让。坐在凳子、椅子上的其他亲戚假装熟视无睹，可能被城里人的无所顾忌惊呆了。本来奶奶死后应该让她安逸的几天，变成令人揪心的怒气横冲。

出殡那天，事情变得更糟，租车、买鞭炮、缝黑袖等这档子差事由小舅爹家里的人承担不说，大家还指盼着花姜夏出的那笔钱。不到两天时间几位儿女又结了新怨，倒使众目睽睽的葬礼安静了下来。举行追悼会那天，经过整容的奶奶，脸上像涂了蜡似的闪闪发亮，躺在租来的水晶棺材里，等着家人亲戚向她告别。老大念完悼词后，十一号追悼厅里开始有人忍不住地咳嗽、打喷嚏。按不成文的规矩，家人应该在水晶棺材边上站成一排，依次接受亲戚们的慰问，通常和这排人握过手后，亲戚们再到水晶棺材跟前三鞠躬，与死者告别。起先仪式进行得很顺利，没有什么不对劲的，后来大姑小姑发现，她们的三位儿子没有站在队列里，倒是懵懵懂懂跟着亲戚，跑来和家人握手，又去水晶棺材跟前鞠躬。她们实在忍不住了，暗暗笑个不停，为了掩饰不正常的表情，她们把脸压得低低的，用手盖着眼睛，装作泣不成声的样子，肩膀由于发笑抖个不停。很快有人看出了她们脸上的破绽，大吃一惊，不敢相信她们心里的悲痛，已经消失得无影无踪了。

火化之后的骨灰盒，被浩浩荡荡的队伍送到乡下汪家墩。那是奶奶娘家的所在地，在邻近江堤的一大片稻田边。那里的坟墓像露宿街头的乞丐似的，沿着田头一字排开，预先挖好的小坑紧靠着奶奶家人的坟。他们把坟地上乱扔的纸杯、塑料袋捡到一边，然后排队，一人撒一把湿褐土，向骨灰盒告别。不管这片土地是肥沃还是贫瘠，奶奶用生前向往的方式进入了大地。自认不受葬礼影响的姜夏，这时突然神情黯淡，强忍住在眼眶里打转的泪水。他望着渐渐垒高的新坟堆，忽然体验到了真正告别的难受。

葬礼过后，姜夏显得心烦意乱，想急着赶回石城，却遭到了母亲的斥责。她不相信姜夏没有再待几天的余地。自从姜夏长大后，母亲发现自己神圣的地位不复存在。他不再从她这里寻找圣母般的温存，甚至变得冷漠，对她的关心心不在焉。这成了她天天与别人交流的话题和苦衷。要是姜夏不在家，她就觉得一点意思也没有，她和丈夫在家里就像两个独往独来的人，一天都说不上几句话。母亲老来俏，把自己打扮得像位小姑娘，害得姜夏更不愿意和她出门了。这种打扮在她年轻时，姜夏也领教过。记得小时候，母亲每次返乡，姜夏最怕跟她出门。她小巧的身材和容貌，看上去像是他的同龄人，他怕班上的同学误认为是他的姐姐或恋人。直到有一天，她突然去拜访姜夏的班主任，才把他的一场担心变成了骄傲。他母亲格外年轻的容貌，把班主任和同学都惊呆了，之后老师和同学对他的态度大为好转。大约两年前，她加入了几十人的晨操队伍，每天跟着音乐发一通疯，发泄一下家里的压抑和郁闷。她总是在姜夏作出决定后，发出孩子气的一声"不"，立刻把脸耷拉下来。她害怕姜夏一走，那弥散在家里空气中的神秘的幸福，马上就无影无踪了。

47

乡下乱七八糟的狗吠，挖坑人的粗鄙的玩笑，亲戚们自来水似的眼泪，这整幅画面给了姜夏葬礼十分廉价的印象。后来他觉得，他其实被师母弄得晕头转向，已经不习惯家乡的人与事了。奶奶死后，他脑子里浮现出来的，都是他想回避的面孔，难道这是老天对他的惩罚？

齐教授开始请姜夏去他那里喝酒，恢复中的这个习惯，让姜夏有些烦恼。齐教授喝醉了，目光就直愣愣投到那些照片上，让人感到近乎歇斯底里的痛苦。他说他对不起过她，说这话时他显得极度虚弱。姜夏结结巴巴，小心翼翼地安慰他。经常这时，姜夏会慌慌张张地想些应付的好话，让他镇定下来。教授的身子又重又软，已经失去了从前雕塑般的高傲。出乎姜夏意料，教授的软弱让他有些不知所措。应该说从上大学起，他就熟悉了教授的高傲，习惯了教授称王称霸的样子，相信教授的发号施令，比他此时此刻的说教更能让人镇定。他俩这种没上没下的关系，没持续多久，师母就回来了。

她的面庞比去深圳时消瘦多了，蓄了一头齐颈发。她给姜夏打电话时，能听见她正在听邓丽君的歌曲。她让姜夏去机场接她，然后轻描淡写地让姜夏通知教授一声。下飞机时，她冻得瑟瑟发抖，连丝袜都没穿，裙子下光溜溜的腿迎着萧瑟的秋风。她有三个贴着日本商标的拉杆式的大箱子，她一边说"看见你真高兴"，一边把双手蜷抱在胸前直跺脚。上了出租车，她感到暖和多了，才叽里呱啦说起话来。她列数了慎教授给她买的一套套贵重的衣服，她把长裙往上掀了掀，让姜夏看到她脚上穿着一双意大利高跟鞋。从侧面打量，她的肚子始终没有赘肉，胸高得让姜夏不自在。表面上他沉稳、镇定，心跳却加快了许多。他装着认真听她说的每句话，心思却飞进了他想象的欢爱画面里。有时，欢爱的主角变成了两位教授，他又沮丧起来。回到学校，他做的第一件事就是埋头工作，以此安慰自己。他弄不清早上梳头了没有，或者该死的臭袜子又忘了换。他匆匆走过空无一人的研究所大厅，折进自己的办公室。他往桌肚里放了两件帮他驱魔的物品：汤苓写给他的信，和一瓶高度白酒。

48

汤苓很久没跟他联系了,她几乎是微笑着离开姜夏的,力图不使自己感到屈辱。她装着到美国去是最幸福的事,装出对姜夏不再关心的样子。她那惊人的活泼,很快迷住了一位来留学的美国黑人。她把去美国,屈从于那位黑人的性要求,视为对姜夏的报复。当她拿到了签证,便翘首以待,希望在校园里碰见姜夏。自从他俩分手后,她已经有不少生活经历了。她希望用去美国的消息,刺激一下姜夏。她不愿看到姜夏和别的女人在一起,尤其是他们走在路上喜气洋洋的样子。她变得有点反常,这个粗俗的念头疯狂地折磨着她,不管从什么角度考虑,离开中国前,她都应该见一见姜夏,她尤其巴望看到姜夏对她心生羡慕的样子。

姜夏每个周末去书店淘书的事,大概尽人皆知。一天,像计划好了似的,在去书店的公共汽车上,他和汤苓相遇了。他坐在背对车窗的最后一排,还是过去的老样子,衣服旧点但干干净净,手上拿着几本准备邮寄的自印诗集。她大概事先祈祷过了,一切都按她预想的进行着。空气温和又干燥，阳光透过车窗照得人暖酥酥的。汤苓扭头看见了姜夏，轻微但尖声地和他打了招呼。当着全车人的面，她不假思索地说了要去美国的事情，又补充道，准备和她结婚的是位美国黑人。姜夏十分惊讶，禁不住站起身来，然后跌跌撞撞地走到她的身边，递给她一本诗集。汤苓知道，只要去美国，就不必再敬畏这些诗歌了，不必再像位崇拜者似的，向他索要笨拙又不好看的签名。他，这位有点与众不同的怪人，这会被她要和美国黑人结婚的消息，弄得两眼发直，像位傻瓜似的不知所措。也许他被这个可怕的消息，真的弄得失落了。只有她，怀着反常的怨恨，斜眼打量着姜夏，脸上露出虚荣般的快意表情。车子启动了片刻，姜夏一步步回到原来的座位上。隔着许多人，他俩再没说什么。姜夏哑然失声的样子，反倒让她感到不踏实了。原来那些非常乐观的想法，越来越让她担忧。不过，他俩在书店门前下车时，她的脸也许被自尊扭曲着，露出了少许傲慢的纹路。这些有点神秘的傲慢纹路，好像她脸上浓艳的新妆，反倒减低了过去那种质朴的魅力。直到他俩相互道别后，她才有所醒悟。是啊，她谁也伤害不了，只能伤害她自己，她的故作姿态表明，迄今为止，她还是那么在乎他！

49

　　有一天，他们系的会议大厅里，响起了一阵非同寻常的发言声。教授第一次像个乖孩子，目光呆滞地坐在前排座位上。书记口沫横飞，列举了教授的一件件糗事，按照书记的说法，教授走上了腐化的道路。教授在仓库和女弟子行事时，被人发现了。率先闯进仓库的，是早就怀恨在心的系行政干事。以前在资金去留问题上，他与教授发生过激烈口角。那天他有事路过小仓库，发现了教授和女弟子约会的行踪。他一路兴奋地跑回办公室，叫上打字员，两人端着相机闯了进去。书记承认他拿到照片时，以为是香港龙虎豹杂志的色情插页。这幅人欲横流的画面，把教授钉在了耻辱柱上。至少有一周，去书记那里偷偷打探消息的人络绎不绝，还有人到那里揭发教授让女摄影师堕胎的事。如果没有那幅不堪入目的照片，书记不会凭空相信这类告密者的描述。只要这位学者不弄到教人抓住把柄的地步，书记情愿闭上眼，竭力维护学者有德行的假象。现在，这张照片彻底改变了书记行事的方向，在确凿的证据面前，教授一下失去了从前的光环。书记不再指望从这位丑闻缠身的学者那里得到威信上的大力支持。他本能地想到，要在这个事件中保住自己的威信。

被书记连缀在一起的糗事，让台下的聆听者兴奋不已，即便对早已知道的事情，他们相互间还是再次表示了惊讶。教授的脸好像突然被脏屎涂得面目全非，无从辨认了。会议结束时，教授和女摄影师的处境尴尬极了，众人一边幻想着他们苟合的荡人心魄的场面，一边拥簇着他俩走出大厅。此时，教授和女摄影师都没有勇气再看对方一眼。女摄影师手足无措地抓着一把钥匙，就像溺水中抓住亲人的衣角，低头闷声往前走，想快些离开人群。到了二楼天桥，她抚了一下迎风蓬开的头发，手一甩，不小心把钥匙抛进了天桥的排水沟里。她涨红着脸，竭力将手伸过栏杆，去够那把钥匙。越够不着，心里越着急。有几位路过的同事实在看不下去，停下来帮她捡钥匙。教授没看见似的，慌慌张张擦肩而过，溜进了自己的办公室。看着每个人都从她身边走过，女摄影师感到头晕目眩。那一张张匆匆瞅她的脸，表情不像从前那样自然了。捡回钥匙，她心神不宁地继续朝前走，走出大楼，走过热热闹闹的操场，走过曾经等教授的那片水杉林，她漫无目的地走着，直到看不见一个她熟悉的人。

教授的痛苦也变得绵绵无尽，女弟子被学校勒令退学，教授爱莫能助。系里把他的职务抹掉了，把受他调遣的年轻人减到最低数目。回到家里，表面上风平浪静，什么事也没有发生，但能给他镇定的葡萄酒，妻子再也不会去买了。不知道她哪有那么多的歌曲要听，一支又一支。听的时候，她旁若无人地摇头晃脑，那股对音乐的炽热，好像完全可以把他忽略了。天气郁闷无风，原来他常去散步的临河小道，他也不敢去了。从前许多浪漫、龌龊的想法，就是从那条小道产生的。现在，他只能守在家里，受教育地听着那些歌曲，无聊地瞅着皮鞋上的尘垢。他的确没有光荣可言，他真想去无人的草原，能让他透口气的偏僻之所，他甚至想跑到内蒙古，在那里，没有过多的注意，也就没有冷落和怠慢。睡眠中，过去那粗重的鼾声消失了，他时常从梦中惊醒，像为了摆脱梦里的嘲笑声似的。

他摒弃了过去高声大笑的阔谈，变得小心翼翼，尽量不引人注目。早晨赶在别人上班前，躲进自己的办公室。傍晚，等同事走光了，他才往家里赶。姜夏注意到他的言谈、穿着、气度，都与从前大不一样了。他在办公室的抽屉里放了一瓶白酒，时常喷着酒气与姜夏说话。他也许重新领略到，研究带给他的平静、超然和满足，过去他曾指望从颐指气使中得到类似的满足。累了时，他就到水池边洗把脸，又继续埋头看资料。通过仔细翻阅过去的报告，他发现姜夏对飞行力学的确有比他更深刻的论述。

50

一天中午，妻子出差不在家，他匆匆吃了自己做的蛋炒饭，又大步流星地跨上那辆老爷自行车。他想赶在同事上班前，溜进自己的办公室。路上他仰起有些浮肿的脸，看了看天上的白云，有一片落叶准确掉在了他稀疏的头顶上。他看见路上没有行人，长吁了一口气，像位幸存者似的，感觉好受了一些。他蹑手蹑脚地在车棚放好车，晃着笨重的身子向大楼走去。他的谨小慎微并不总能奏效。快到大楼入口处，他突然看见资料室的唐家凤，从楼里喜笑颜开地走出来。这个场面后来被众人描述了许多次，每次描述，人们都情不自禁地添油加醋。他们说，他看见唐家凤时，眼珠子像刹车的车灯，猛然发亮，然后就熄灭了。他上身僵直着，慢慢瘫倒在楼前的水泥地上。唐家凤顾不上自己穿戴得多么整齐、讲究,她试图把他搀扶起来。他伸手刚抓住她那高高隆起的黑色垫肩,又瘫了下去。发现情况不妙,唐家凤惊慌失措地大叫起来,她的嗓音极高。谢天谢地,负责打扫卫生的临时工,正在四楼走道扫地,他好奇地从窗台探出脑袋。

他从没见过衣冠楚楚的大教授躺在地上,他知道大事不好,咚咚咚地跑下楼来。他们试着压教授的胸,但没有效果。唐家凤不敢再耽搁,叫临时工拖来了一辆板车。他们把教授沉重又软绵的身体弄到车上,已经满头大汗。路上,唐家凤在颠簸的车旁怎么也摸不到教授的脉搏。后来唐家凤也回忆不清路上的情况,她感觉那场面很混乱,不断有围观者上来看他们在抢运什么。她好像听到了从教授身上发出的奇怪的排气声,此后这种声音再也没有出现过。临时工拉着板车,在水泥路上不敢跑快,板车锈蚀的车轴发出嘎嘎的响声,最后板车停在急诊室门口。唐家凤催促了半天,屋里才出来一位年轻医生,无动于衷地看着教授,像看着车上的一堆废铜烂铁。等把教授架到抢救室,鼻子通上氧气,已经过去了半个小时。

一小时后,姜夏接到教研室打来的电话,说教授猝死在医院。他当时正兴高采烈，和楼友逗乐喝着啤酒，不经意回了句："不会吧？"电话那头没再强调，嗒一声挂掉了。姜夏脸上罩着酒气，愣了半天，终于反应过来。他神色慌张地往医院赶，到了急诊室，听说尸体被停放在病区一间空房里。他找到那间空房时，咬着嘴唇，心里直犯嘀咕："他真的去世了么？"教研室副主任立在门边，眼睛湿漉漉的。透过门上的玻璃窗，姜夏直勾勾地朝屋里打量。教授身上盖着医院的白床单，直挺挺地躺在带滑轮的手术床上，脸蜡黄浮肿，残留着一丝痛苦的表情。在本来就不大的房间里，教授的肚皮在白床单下高高隆起，给人身体格外庞大的印象。屋里弥漫着捉摸不透的气氛，似乎告诉教授的同事，这位一直在旅行、在汇报、在心烦意乱的人，现在总算找到了停下的理由。

瞧着别人发红流泪的眼睛，姜夏也想挤出几滴眼泪，不知为什么就是挤不出来。他不理解那些巴不得看教授笑话的人，那些拼命想扳倒教授的人，为什么这会儿能抽抽搭搭，不停抹去脸上的泪水。与他们相比，姜夏看起来像位不通情理的人，他的表情再哀伤，心情再沉重，也抵不上人家的一滴泪花。他试着干点什么，可在高高隆起的白床单旁边，他又能干什么呢？突然，他觉得自己很无知，那些捂着脸呜咽的人，纷纷说着为教授惋惜的动人话语。他无法相信自己找不到表达哀伤的方式，他连一句话也说不出来，和他朝夕相处的教授，突然冷冰冰地躺在那里，眼前的景象恍若梦境，他无法确信教授已经去了天国。他手足无措，看着别人脸上灯芯绒布一样丰富细腻的表情，心里一片茫然。

51

认识的人都来看教授，其实是看教授一点点烂下去的身体。来的人太多了，教研室副主任不得不在门口挡驾，他怕大家嘴里哈出的酸气，让教授的身体烂得更厉害了。生性好斗的人，这会也急于在病区的走道里，与冷冰冰的教授达成谅解。他们不是向教授，而是相互间吐露着心曲。不管教授的灵魂理不理会他们，重要的是，他们赶到病区走道流的泪、说的话，被其他活着的人见证、认可、记住了。

有一阵子，姜夏觉得躺在阴森森房间的教授，被大家真正忽略了。在光线暗淡的屋里，他睡得不省人事，成了人人可以利用的工具。教研室副主任一肚子主意，他发现自己必须对教授的尸体负责,在教授的妻子赶回来之前,不能让医院成灾的老鼠把教授啃得面目全非。他算了算时间,开始在走道大声询问,有谁愿意在这里彻夜守灵。姜夏的确想为教授做点什么,他渴望得到这个差事,隔着很远他细心听到了副主任的建议。由于这个差事放在他身上特别合适,副主任马上同意了,了结了一桩心事。姜夏没有想到,马厉也苦于无事可干,主动请缨,和姜夏一起在这个阴森的地方彻夜守灵。

天色转暗以后,病区静了下来。按照教研室副主任的吩咐,所谓守灵主要是警惕偷袭的老鼠。除了他俩,整个病区没有人,走道里不时窜进一股风。马厉捏着鼻子,进去看了一圈,连忙退出来。他说屋里已经有味道了,恐怕我们不能再敞着门……他俩赶紧把门口的两张木凳往远处挪。他们弯腰坐着,仔细辨认着远近的各种声音。与下午那些大发慈悲的来人不同,他俩绝口不提教授。姜夏兜里揣了一本书,他坐下来后反倒心神不宁。刚才他注意到,教授的脸已经肿胀得变了形,他惊恐万状,根本没有心思去看兜里的书。走道尽头黑麻麻的,只有头顶上方亮着一盏老式吊灯。风把破旧的灯罩吹得来回晃,墙上巨大的身影跟着摆动起来。孤灯下，他们的处境显得格外凄凉，莫名的不安隐约刺激着他们的神经。

马厉见多识广，年龄比姜夏稍大，已经开始脱发了，教授在屋里腐烂的时候，他则在走道里高声说笑。他想把胆战心惊的守灵，变成一场消遣。他好像对说话有一股子痴劲，对任何事情都能喋喋不休。他不像姜夏，开始意识到自己今后的不利处境，教授猝然死去，使姜夏感到自己前功尽弃。马厉则亢奋得像下了蛋的母鸡，试图用话搅乱周围阴森的可怕气氛。起初姜夏随便他说什么都行，随着越来越瞌睡，气温降到让人有些发冷，姜夏希望听到更刺激的话题。按照马厉说话的习惯，只要姜夏提个新问题，就足以改变眼下的话题。"你能不能给我讲点我不知道的学校内幕？"姜夏用手拨弄着那本旧书问道。马厉的眼睛相距较远，看上去像不能聚焦似的，他若有所思地沉默了一会，马上微笑地露出上排牙齿。显然，记忆中的某件事又勾起了他说话的欲望。他说按照条例，学校科级以上干部都够免职判刑的。"嗨，你不知道这些人哪，他们的确够坏的。"姜夏不习惯这种话从马厉嘴里说出来，他当然对四五位科级以上干部的所作所为记忆犹新，眼下他只想听些有趣的故事。

"管他们是好是坏,你能不能讲点好玩的事?"

"教授老婆的事还不好玩吗?"

姜夏瞪大眼睛望着马厉,"可是我都知道呀。"

"那你知道她是怎么到学校来的吗?"

"不是跟教授结婚吗?"

"在那之前呢?"

"那我就不知道了。"姜夏一下给吊起了胃口,他催促马厉快点说,别卖关子。 马厉摇头晃脑地说,"看来你太不关心我们的老师了!"

这是一个守灵的夜晚,也是两个人靠道德败坏的故事取暖的夜晚。 他们的注意力被吸引到死者的老婆身上,仅一墙之隔的屋里,已经弥散着熏人的气味,这位时常令人头疼的教授,像对一切都感到心满意足了,对那些急就章的眼泪,处心积虑的诋毁,女摄影师的误会,老婆给他戴的那些热烘烘的绿帽子,都心满意足了,心窝里再也没有了疑神疑鬼的血液进出忙碌,用以体察人世细微又寒心的变化。 现在,他像位好脾气的父亲,躺在空气污浊不堪的房间,躺在他老婆的那些轶闻里。

52

姜夏早上穿衣服的时候，不像往常那么利索，他迟疑不定。新主任昨天吩咐他要穿得正式些，甚至问他有没有中山装，据说今天他们一行三人，要去教授家里办件规规矩矩的事情。自从教授的尸体火化以后，姜夏还没胆子去师母家。有好几天，他用指头把宿舍桌上的玻璃板敲得跟擂鼓似的，也没敢下这个决心。真是奇怪，教授不在人世后，一想起要见师母他就打寒噤。明明心里想见，行为上却百般逃避。原先他打算挨到自己有了信心，再去拜见师母。没想到那位装腔作势的新主任，给他派了件吃力不讨好的差事，要他一起到教授家，翻找属于机密的书籍和文稿。新主任难免幻想那些已经过时的书籍和文稿多么有价值，可不能让它们散落到外面去。实际上，他们一进教授家门，姜夏心里就结了疙瘩。他、马厉、新主任，三人其实在扮演警察角色。

师母依旧香气扑鼻，但脸像接受审判似的阴沉下来。映入主任眼帘的实木书架，是要清查的第一个目标。师母没像往日那样给他们泡茶，查抄书稿显然是划在她心上的又一道伤口。 姜夏受不了师母那忧郁又令人荡气回肠的眼神，他尽可能多地放过了一些书籍。 新主任的病态很快表现得淋漓尽致，他不顾师母丧夫的心情有多糟，坚持把姜夏已经放行的书籍又拿下来。 地板上摆着一只空纸箱，里面啪啪扔进要带走的书，不一会，书就撅出了纸箱。 唉，姜夏心里暗自叹气，觉得自己够倒霉的，明明他想奉承的女人，偏偏受到他不公正的对待。 他成了帮主任报复的帮凶，差点让师母哭出来的帮凶啊！ 的确，从她肺部发出来的嗓音，已经哽咽成哭腔了。 新主任还是不在乎，又指挥姜夏、马厉，从窗前写字台的桌肚下，拖出几只笨重的纸箱。 显然他打算闹个不休，也许他清楚地记得某几本文稿，他下定决心要找到它们。 他穿了一件在德国买的二手呢制服，煞有介事的正统，衬出他脸上国字般的庄重表情，仿佛师母的身材、芳香、容貌徒具魅力，不会让他有所动摇。 齐教授的猝死，缓解了新主任的苦恼，他凭着留学德国的经历接任了齐教授的职务。 他不厌其烦，把每本书粘的灰尘掸到洒满阳光的房间里，让大家的鼻子跟前都飘满亮灿灿的尘埃。 面对年湮日渺的往事，必须承认，他这么做可能还有另一种想法。他想知道，教授私下到底在研究什么，教授会不会像其他研究者一样，平时只把废铜烂铁出示给其他竞争者。

师母双手插兜,气得心脏微微发颤。屋里的吊兰、剑麻和月季,已受到丧事的影响,有好些天没浇水了。看见他们干劲十足,师母突然拿起了浇花的水壶。她不在乎书籍文稿多么有价值,真正让她生气的,是新主任的挑衅行径,她惊讶他对人情世故的茫然无知,或老谋深算。她知道丈夫过去的那些作派,无遮无拦的言论,的确得罪过不少人。教授与许多人的关系,难免是刀子与伤口的关系。她不明白,在刚刚丧夫的灰暗的氛围中,新主任为啥要迫不及待地回敬一刀。这一刀的确利落,让人猝不及防,教授当然无从领受了,只好让她这位藤蔓般需要傍依的女人来领受。她的坏脾气又发作了。她拿着水壶,故意把其他东西磕碰得叮咚作响,磕得姜夏他们露出尴尬的神色。姜夏想朝师母微笑,但实在笑不出来,他不知道自己该怎么办。新主任红着脖子,把快要伸进纸箱的头抬起来,也许他知道做得有些过分,往女人伤口上撒盐,是人人唾弃的小男人行径。不管怎么说,他们放过了最后一个纸箱,夹着汗臭,抱走了新主任想要的那些书籍文稿。

他们的步履在脱了漆皮的旧楼板上,显得格外沉重,"咚咚咚"踏起了一阵灰尘。 姜夏出了楼口，才敢朝背后打量几眼。 教授家的木门快要掩上了，透过门缝，姜夏发现师母在打量他。 这时，他看到的不是刚才急躁、冲动的师母，倒像枪口抵在脑门时的紧张又宁静的师母，那种有点雾气的目光姜夏看不透，似乎又可以作任何解释。

53

吃过晚饭，姜夏去书店附近溜达了一圈，他穿着一件加厚的春秋衫，还是感到了丝丝寒意。 他看见有几辆黑色轿车开进了校园，停在学生宿舍的院墙外面。 店铺的招牌五光十色，不时发出嗡嗡的整流器的声音，除了书店，在院墙外面一字排开的还有眼镜店、酒吧、网吧、百货店、餐馆、彩扩店等。 有位中年男人迫不及待地跳下车，当众拥吻了一位女大学生。 搂抱的时候，那男人浑身摇晃，皮夹链发出叮叮当当的声音，仿佛提醒路人他有只不小的钱包似的。 那张老气横秋的脸，像努起了的鸟的短喙，在女孩有些腼腆的脸颊啄了一遍，让姜夏感叹不已。 他开始思寻这位中年男人的生活方式，他俩相互爱抚的真诚之处。 那辆黑色轿车跑出了老远，姜夏还站在原地发呆，心里有说不出的感觉。其他几辆车的情况大致相同，姜夏居然看入了迷，他浑身的神经越看越不自在，刹那间，他觉得到了该下决心的时刻。他想，他给师母打电话，肯定要比当面道歉容易一些。

师母始终没有摆脱悲凄的情绪，她住在离水塔不远的教授楼里，这些小楼虽然年深失修，里面的宽敞依然令人羡慕。房前空地种上了绊根草，这里的人都规规矩矩沿着鹅卵石砌的石道行走。姜夏说不清有多少学生从他面前晃了过去，他走过一家嘈杂的小吃店时，借着路灯，看见了挂着"公用电话"字牌的杂货铺。可能是孤僻吧，他差不多有一个月没打电话了，在这个缀满情侣的校园，一个月不打电话，当然稀罕。姜夏看见店主俯身在钱箱上有老半天了，那人耷拉着脸，为钱箱里的一张假钞心烦意乱。靠在柜台上的姜夏，见没人搭理他，冲着店主的脊背大声嚷嚷起来："喂——老板，打个电话!"店主的脊背微颤了一下，他慢腾腾地转过身子，不情愿地把眼睛从那张假钞上移开，伸手揿了下屁股后面的控制开关，姜夏手里的电话马上有了电流声。

师母接电话时半闭着眼睛，"喂? 谁呀? ……噢，是姜夏?!"起先她怪平静的，就像听夜曲似的凝神屏息，姜夏唠唠叨叨道了一阵歉,就慌得胡乱找话说了。很快,她在皮沙发上感到了浑身冰凉的肉体,以及屋里难耐的郁闷。突然一阵凄凉从心头涌上了脑袋,她眼睛一酸,哭了起来。姜夏拿着话筒,不知所措地挠着头,他傻乎乎地微笑着,嘴巴说着杂乱无章的安慰话。他站在柜台前,满脸绯红,连凛冽的风吹到脖子上,都感觉不到。他不知道师母内心的这场瓢泼大雨,已经酝酿了多久。师母实在听不进去那些安慰话,屋里的盆花和法国香水的气味,也扭转不了她郁闷的心情,最后她绝望地喊叫起来,"求求你,快别说了,赶快过来吧!"就算他冥顽不化,也拎得清这声绝望的召唤,这声召唤散发的气息让他浑身上下硬邦邦的,又微微发颤。是的,他感到了责任、诱惑与危险,以前那些让他驻足不前的原因,被一扫而光了。那些光明磊落的鹅卵石道,现在让他战战兢兢的。他边走边纳闷,这些石道为什么不修直线,偏偏绕来绕去,让他更多地暴露在刺眼的路灯下。穿过一片片影影绰绰的楼房,他找到了非常熟悉的那个门洞。

他进门时,师母的眼皮还红皱皱的,她叹着气:"唉,你看我过的是什么日子呀。"姜夏像做错了事似的,窘促地又一次挠头,拘谨地站在师母跟前,"嗯,我知道,我知道……"

师母望着冰凉凉的卧室，沮丧的情绪又像马达发动了。她越说越激动，姜夏越听越不知所措，最后她抑制不住激动，上前一把搂住了姜夏的长脖子。他的脖子既长又有一道黑圈，师母好像用泪水帮他磨来蹭去地擦洗似的。当第一滴热泪落进他的脖子，他心想，她真是痛苦啊，没错，人痛苦起来就应该是这个样子！大约到他的脖子上落了第一百滴眼泪，她已经在他胸前幸福地轻声叫唤了，"小姜，小姜……"不知什么时候，瞧啊，她漂亮的衣服已经弄成什么样了，内衣掀到了两边腋下，他的双手捧住了她的胸。也许他嫌法国香水太刺鼻，仰头望着天花板，双手仍在她身上忙碌着。他的身后有张五斗柜，被磕碰得发出嘎吱的声响……一阵阵欢天喜地的叫唤，这样刻骨铭心的满足，是两位老教授从没给过她的。事后，师母激动不已，忍不住把这事告诉了她远在外地的一位密友。说他俩非常快乐，快乐得就像两头猪崽似的。

54

在大庭广众面前，她的嘴角依然向下撇着，似乎要跟那丧夫的痛苦没个完似的。的确，在丧夫这件祸事上，她为自己挽回了一点名誉。人们对她丈夫腐烂身躯的气味当然记忆犹新，已经不太耐烦。师母不厌其烦地当众哭泣，哭得连天空都像浴室的天花板，灰蒙蒙、湿漉漉的。有时她饭后去散步，也变成了泪水之行，熟人堵住她问长问短，她没有理由不两眼发酸的。她的头发不像从前那样精心束起，而是有点碍事、蓬乱地垂在耳朵两侧，面容上有别人能察觉的少许憔悴。她轻轻迈着步子，迈得越轻，人们越觉得她步履沉重。淡黄的暮色中，她那哀怨的身影，一时让许多人牵肠挂肚的。如果不是姜夏亲身经历，他会和别人一样，为师母坚守在痛苦中感到惋惜。当然啦，随着暮色转深，拉上厚重的窗帘，她那令人窒息的标准像便一改风貌，在洗浴后的镜子中，她露出亲昵又放肆的表情，两颊像跃出了两只不安分的红狐。

有了这次始料不及的艳遇，姜夏养成了到湖边看水的习惯。他怅然坐在那里，独自体会落日的神秘，直到最后一丝夕照湮没在黑暗中。此时各家关门闭户，留下一片幽寂给众多的恋人，或是像他一样坐无定处的漫游者。湖边有几公顷绿地辟作了公园，到了深夜，树丛中一些鸟簌簌地扑动，吓得不少恋人心惊胆战。远处，恋人们低语的声音伴着花香飘散，让他的渴求更加强烈。为了避免撞见熟人，他只能十点以后去她那里。他说起来很胆怯，其实也可以说很谨慎。来的时候，他尽量走在幽黑的草地上。进屋前，他会东张西望，鬼鬼祟祟地确认屁股后面没人，才肯闪身进门。他养成了到她家来冲澡的习惯，为了避人耳目，师母特地把浴室有漏光条缝的百叶窗，换成了厚重的绒布窗帘。邻居也许没有觉察到，有位男人夜夜守在她的身边。师母换好了睡衣，就蜷在沙发上等他。

这座大学建在石城山脚下，像个小市镇，唯一的区别是，它有许多树林和羊肠小道。许多夜晚，他走过水杉林、樟树林、橡树林，然后再一片一片林子地折回去。姜夏的疯狂足以唤醒死人。明摆着年龄比他大十来岁，偏偏他想在做爱的花样上占上风，把她当作不谙世事的小女人。表面上他文静怯懦，唯一昭示内心狂乱的是几颗虎牙，它们歪斜着，并且前后左右不对称，好像随时准备扑向眼前这块漂亮的生肉。

每次来师母家，他都要换掉上次穿的衣服，以免被人记住，他的行头时而整洁雅致，时而时尚随意。这些为偷情养成的嗜好，使他远离了单身宿舍楼的集体生活，以前那些喧嚣的恶作剧，他快要淡忘了。自从夜里他从单身楼消失后，他老觉得有人在跟踪他。这种感觉后来得到了似是而非的证实。他在校园兜圈子，是为了身后不留下一丝可疑的身影。师母住在一楼，南门外有道低矮的院墙，一墙之隔的邻居，养了条凶巴巴的英国猎狗。就算来人的打扮非常庄重，步履非常轻灵，这条猎狗也会刷地竖起耳朵，马上汪汪狂吠，好像它对所有来人都垂涎三尺似的。为了在杂声消弭的夜晚，不惊动这条闹钟般的狗，师母把公寓另一头的东门疏通了。以前这扇门一直紧闭着，许多纸箱把门都给堵上了。

55

有天晚上，他俩脱了衣服正要行好事，门突然响了。情况看上去有点麻烦，是刚疏通不久的那扇门。除了他俩，应该没人知道这扇门暗中恢复使用了。师母把手指按在嘴唇上，示意不出声，套上睡衣就出去了，随手关上了卧室的门。姜夏害怕极了，下巴颏瑟瑟发抖，想上前把门反扣上，又担心门闩的声音会惊动来人。他只好一点一点穿衣服，动作十分缓慢，不弄出大声响。外面响起了含糊不清的说话声，来人好像是个女的，操着浓重的本地口音，师母和那女人的声音都不大，都挺心平气和。

师母回来时，他已经把衣服穿好了，正襟危坐在椅子上。姜夏问她是怎么回事。她笑笑说没事，居委会的人在挨家挨户进行人口普查。话虽这么说，师母进屋后，一直有些心不在焉。她衣服也懒得脱了，就这么凑合着做了一次。姜夏的衣服黏糊糊地贴在背上，又热又湿，他无心再做下去了，她心不在焉的样子多少抑制了他的粗野。完事后，姜夏吊腿坐在床沿想和她谈一谈。

"来的真是居委会搞普查的？"

"是啊，是胖子张大妈，不过……"

"不过什么？"

"我觉得挺奇怪的。以前她都是从院子那边进来，她今天怎么会想到敲后边这扇门了？"

"会不会——你白天也从这边进出过？"

"绝对不会，我不会这么粗心的。"

"也许——有朋友来你这里玩，知道这扇门已经通了？"

"也不可能，他们来的时间都很短，除了客厅没去过其他房间，连厕所都没上过。"

"莫非……"姜夏没把话说完,师母已经领会了,"我也这么想。"那一夜,这个疑团忽忽悠悠地穿过了两人的梦境。师母睡得不沉,天刚泛白就起床了。她做好早饭,吃了自己的那份,把姜夏那份放进保温棉包里。姜夏大约要到十点左右才起床,他不能离开得太早,早操和上班的高峰时间很容易被楼栋里的人撞见。师母依旧去和睡着的姜夏道别,她心里涌着疑虑,上前吻了他的额头。随后她拿起笔,煞费苦心地坐下来。她怎么也找不到信纸,抬手撕了一张日历。为了把字写得好辨认,她一笔一画,几乎把纸写通了。这张纸条至关重要,以后那些意想不到的变故都由它引起。她把纸条轻轻压在保温棉包外沿,门风吹来,它就吱吱啦啦地颤动起来。外面天空放晴,钻出黑洞洞的房间后,她感到心里一阵亮堂。从外面看,这套公寓的确符合偷情者的要求,所有窗户都被窗帘封死了。

56

白天他总有不少公事缠身,勉强能过。夜幕四合,他就感到寂寞难耐。他发现自己已经无法融入集体生活了。老李带着喜欢穿条纹服的胖老婆,搬进了隔河相望的那片旧民居里。他俩宁愿自己花钱租房子,大概是受不了这栋单身楼里的单身汉们。自从要了胖老婆,老李变成了一个循规蹈矩的人。有时他双手插兜,手臂上吊着老婆的粗胳膊,在露天菜场撞见这伙人都像不认识似的。嘿,这家伙太傲慢了!姜夏倒不认为他有什么不对,在单身楼里待得过长的人,或多或少都会滋生痞性。一句话,他老婆看不惯这些人的所作所为,他不过想在老婆面前证明自己清白而已。

姜夏没事就欣赏留在他身上的香水味,他的脖子、衣领上都隐隐残留了一圈。他和老李一样,愈加不能忍受其他单身汉,甚至一句痞话都不想讲。如果硬被拉去吃饭,他就坐下来沉默不语。他的脸阴沉着,又有点苍黄,并不希望被这帮痞性十足的家伙理解,以前那种善气迎人的面孔不见了。

师母写的那张纸条,像是迂回婉转的遁词,他既熟悉又陌生,心里实在没底。明知写了什么,偏不放心,又一遍遍掏出纸条来读,"以后接到寻呼再到我这里!"……怎么?她要暂时回避他?姜夏的鼻孔因为担忧张大了,师母在深圳的反悔他还记忆犹新。过了一周,姜夏真的接到寻呼,又去了师母家里。做完事,师母敛起了脸上甜甜的笑,支支吾吾地提出,他不能再在这里过夜了。姜夏过去从不向女人哀求的,这回他竟然唠唠叨叨地提出,还是让他在这里过一夜吧。他迟迟不肯穿衣服,露着略嫌消瘦的胸脯。荧光灯下,他的表情显得有点可怜。他弄不清这是怎么回事,他的要求为什么遭到忽视。师母已经筋疲力尽,想去冲把澡,冲掉留在她身上的异物、汗味。她不耐烦的样子来得这么突然,让他猝不及防。本来他做得比预定的时间要长,她理应高兴才对。师母点上一支女士香烟,仰着头,好像在用烟雾洗浴似的。瞧啊,她那有点苍黄的短发毫不柔顺,虽然香气浓烈,但像一把钢针在刺他。

"你在这里过夜,会把两个人都毁掉的。"

他捉摸不透师母的真实想法。她背靠着五斗柜,看着他那张发蔫的脸,表情又突然和善起来。她上前用手搂着他的肩,哄孩子一样,把他哄出了大门。他没敢在门口多停留,紧张地遁入楼外的黑暗中。顿时,一种凄凉孤寂袭上心头。师母说话的样子,不耐烦捋头发的动作,甚至那半截猛吸时咝咝发响的香烟,一直堵在他的胸口,堵得他心神不宁,甚至窒息。他像一颗尘埃,随风飘来荡去,对这件事情思前想后。回到宿舍,楼道里的灯已经灭了,他摸黑打开门,感到脊背阵阵发冷，仿佛他俩的感情已经破裂了。

57

　　他怕师母在撒谎，心态有点失常，脑子里开始充满了各种幻想。 他感到师母不像过去，对他细心又体贴，就算他们维持住性关系，他也觉得没什么快乐可言。 白天，他想师母想得轻些，到了漫漫长夜，时光就变得格外可怕。 他后悔两人没有立下神圣的誓言，他发现两人有没有情感，其实比性本身更加重要。 从那天起，他对两人的关系有所领悟，不觉得做完爱就万事大吉。 他感到运气已大不如从前，觉得自己并不了解她。 她的冷酷那么骇人，那么突如其来，师母是否想疏远他？ 这成了他的心病。 他脑子里几乎印着一幅纵横交错的地图，大概他做好了准备，想整夜去那些交叉小径的路口游荡，监视她那栋房子的所有入口。 他设想过，如果路灯把他暴露给了窗帘后面的师母，她会视而不见吗？ 当然看到来人，他还是会跌跌撞撞地钻回林子中。 他之所以老鼠般地逃窜，不过想让师母放心而已。

　　为了能多见到老美人，他真的开始行动了。 每天清晨，师母骑着金鸟助力车上班，风头十足地沿着学院大道行驶。大道从南到北纵贯校园，长约一公里，两边长着一些罕见的橡树。天刚蒙蒙亮，姜夏就起床了。表面上他彬彬有礼，和早起的人打着招呼，打听他们的活动安排，其实他无心加入晨操队伍。他在露水蒸腾的清晨到处晃悠，弄得衣服都有些湿冷，但哪里的景致都不能令他满意。师母胖了？瘦了？对他抱什么想法？这是他每天都想知道的。他有意在学院大道上骑了个来回，弄清了单程花的时间。出发前，他像惹上了麻烦似的坐立不安，屋里的寂静简直令人难以忍受，幸好，他懂得古典乐有降服情绪的作用，他起身放了一首巴赫的曲子。他感到最棘手的是见到师母该说些什么，众目睽睽下，除了连篇累牍的废话，他又能说些什么新鲜的内容呢？他发现，他丰富的才干其实只隐藏在嫉妒和怀疑中，真见了师母，他反倒一筹莫展。他把衣服穿戴整齐，脖子上煞有介事地打了一条格子领带，没了平时做实验时的邋遢样。他出门的时间过早，骑了个来回还是没碰见师母。几次下来，他摸准了师母上班的规律。他把车停在大道最北端，看见南边有了黑压压的排浪似的人头，便骑车迎上去。上班的自行车车流，的确阵势吓人，他反道行驶，显得与众不同。师母通常穿颜色鲜明的套装,脚蹬白色高跟鞋,在穿深色衣服的人群中格外扎眼。姜夏鼓足勇气上前打招呼的时候不多,更多时候,他稍一犹豫,师母跟着车流与他擦肩而过。有时,师母骑过去了好半天,他才缓过劲来。也许太紧张,师母的模样他根本没有看清楚。

那些日子,他的这个癖好让师母烦恼不已。每次他都几乎冲到她跟前,用手碰到她的袖子,眼睛死死盯着她的脸。他希望这种奇怪的见面方式,能解开他心中的结。师母害怕走漏风声,她不想重蹈过去的覆辙,愈加显得规矩、矜持,这些恰恰是姜夏不愿看到的。后来,他俩晚上又见了几次面,师母劝他早上别再干那种愚蠢的事了。师母说话时,他的喉结上下移动,虽然没辩护一句,但显然不太能接受。他不相信,骑车与师母打个不到十来秒的照面,会对师母有什么影响。相反,在他们勾搭成奸前,师母当众见到他,倒像冬天晒太阳似的满脸喜气,那种暖烘烘的气氛姜夏老远就能感受到。他发现,他俩见面能谈的话越来越少。他试着唠唠叨叨,但收效甚微。他的话师母认为太抽象,师母最拿手的话题是服饰,她请他发表看法,比如纽扣的款式,布料的搭配等,他几乎一窍不通。有时她干脆告诉他有多少首饰,它们是怎么得来的,她谈起首饰的价格,脸上眉飞色舞,他除了嘿嘿嘿地笑,插不上一句话。 师母见他心不在焉,说一会儿也没了兴致。 于是屋里弥散着各种气氛,似乎什么都有。 有猜疑,有恐惧,有厌倦,有不适,当然也有快乐等等。 时间不早了,他又得踏上回去的小路。 他看上去那么沉着,似乎心里那么平衡,不给师母留下一点泄气的印象。 只要他隐身到夜色中,快步前行,不祥之兆就抓住了他。 刚才还撑着他表情的镇定,骤然消失。

58

师母的母亲病危,她拎着黑皮包钻进雨幕中,去了外省老家。 据说她母亲的病是被盖房子的事闹腾的。 心脏病。 哦,漂亮的女人总是得心脏病。 也许成天围着她的那些男性都很差劲,看不出她脸上的红润那么虚假,像染了色似的。 姜夏后来听师母说,她母亲抱怨,现在的后生做事太不成体统,姜夏不知道,这话是否是师母拐弯抹角用来说他的。

最近小杨来姜夏这里闹了几次,他们以前定下的婚约到现在姜夏还没有履行,小杨想弄清姜夏到底怎么想。 姜夏除了内心那些难以启齿的黑暗，其实没有想法。小杨做那种事的功夫没法跟师母比，她发出的声音哪是受折磨的快乐呀，纯属模仿或巧合。只有她哭哭啼啼寻死耍泼时，那浑浊的泪珠才旁证了她哭声的纯正，含着一种让姜夏俯首投降的震撼力，不然她准会把自己的第二个指头咬破，直到姜夏再次答应她。小杨算是大发慈悲，允许他再次讨论婚事。小杨同意把婚期再推迟一年，反正她摸准了，她没日没夜的抽泣是克敌制胜的大武器。姜夏实在没辙，就算他临赴刑场，还得装着有好胃口。

师母的老家到处都在翻修路面，车在上面行驶不仅颠簸，弄得她想四处转悠的兴致全没了。母亲病情稳定后，她跑到山里转悠了一天。那条通往山腰村庄的石路，可不像镇上的公路那么脏乱、令人烦躁。这里风光宜人，已经辟作了旅游地。兴致高昂的外地人，或在山脚下的河中乘筏摇桨，或沿着石阶往阴湿闪亮的大岩石上攀爬。她发现，山里的一切既熟悉又新鲜，她的热爱似乎是与生俱来的，无须像对姜夏那样还得掂量一番。她有一阵子没和姜夏通电话了。那天她从山上买回了一堆竹制品，晚上她把它们摆在娘家厢房的八仙桌上，坐下来给姜夏写信。她不时望着没漆的新房梁，觉得木梁上的不少褐色圆疤，像是姜夏无所不在的眼睛。她尽量让信中的每个字透着诚恳，她下决心要改变他们之间的恋爱关系。无论从任何角度考虑，他们都不合适恋爱，或者说他们一恋爱，关系就弄得挺蹩脚。她觉得性爱就是性爱，没什么好拔高的，非要说他们是恋爱，她反倒感到不舒服。

姜夏收到信了，这封信让他的脸都皱巴了，酒量大增。他在弥散着酒气的酒吧，把信看了无数遍，这封信就像潜藏着无数的谜语，叫他看不懂。她把不祥的话语说得那么诚恳，好似一派善意的忠言。等到她再次露面，他已经消瘦了不少。他也许真的像他父亲说的那样，他的聪明是冒牌货，始终没有从信中悟出什么，老觉得一切不见得无法挽回。他不可能把心里的情感冻结起来，以便达到师母的要求。他不想写信去问了，如果师母做好了抽身的打算，他该怎么办？找心理医生看这个似是而非的病？他的神情凄然迷茫，但他承认，他与那些花花公子没什么不同，都是在得手以后才付出精神代价的。师母又在家乡多待了几天，她的脸在河边高岗上晒得红扑扑的，除了性感的身材，布了少许血丝的眼睛也照样勾魂。不知什么缘故，姜夏见到她时，相互间已经无法随便开玩笑了。有好几次，他想不打招呼就直捣师母家，每次快到她家门口，总听到楼上有下楼的脚步声，他只好逃之夭夭。

我记得他阴郁愁闷的时候，就来找我。他有时醉得很厉害，他说我是旁观者，能帮他看清问题所在。过去他总是守口如瓶，除了爱穿戴，他的灵魂似乎永远藏在微笑后面。有的人醉起酒来令人讨厌，他却令人同情。他借酒劲向我袒露了事情的全部真相。起初，他大概怕我说他有点厚颜无耻，时而捂着脸，时而抓耳挠腮。我对他的事渐渐萌生了热情，为了让他彻底放松，我谈了自己不少不道德的糗事。这些事当然损了我的清白，从此他说话不再闪烁其词。那些天，他口袋里老是装着大把钞票，幻想不论在哪里碰到师母，都要请她进城去挥霍一回。为了在人少的地带碰到师母，他和我谈了一些计划。

很幸运，一天他真的在体育场背面碰到了师母。他幻想那是他一天中最闪光的时刻。为了这次见面，他几乎写了篇精彩的演说稿，然后背得滚瓜烂熟。天气灰沉沉的，一阵林中气流带走了他的些许郁闷，他似乎嗅到了一股久违的法国香水气味顺风飘来。气温低到有些发冷，但他手心、脊背汗津津的。 她的出现，使色彩暗淡的秋林活了起来。 他神经颤抖地向她发出了进城的邀请，那副样子实在有点吓人，发灰发白的面色，让人想起肠胃病人的不健康的舌苔。 师母借口时间太早，她要赶到医院去看牙齿。 姜夏想顺手抓住她放在自行车龙头上的手，没想到师母手一缩，闪开了。 她有所顾虑地四处张望，生怕落满了棕色水杉针叶的小路上，会有其他熟人。 整个林子散发着类似熟食的气味，只有他穿着棕色衣服，像棵晒枯了的水杉树，隐在林子里。 她全神贯注，生怕有所闪失。 她意识到，姜夏可能真的生病了。 他简直存心找她麻烦，整天像个游魂在校园里游荡，把自己弄得疲惫不堪。 姜夏费了好大劲才说完他的演说词，他把一只手伸进口袋，紧紧抓住那沓钞票。 师母不解地问他，你干吗要背台词给我听？ 我们现在又不是约会，你还是庄重点好。 自从他们之间出现裂痕以来，姜夏算是领教够了师母的坏脾气。 姜夏慌了手脚，忍不住把那沓钞票掏了出来，说自己备好了进城的花费，他还知道哪家饭店可以临时开房。 师母被他的举动吓坏了，她撩开眼前被阳光照成古铜色的刘海，强调她不会花他的钱的，再说两个人进城已经不现实。 面对姜夏咄咄逼人的痴情样，她开始盘算如何溜走。 如此发疯的人，说不定身上还会带着凶器呢。师母不想知道，他几时起为她戒了酒，哪怕再难受，他也没有呷上一口。师母随便穿件罩褂，他都觉得十足性感。哪怕她患了痨病、肝病，他都情愿拥吻她，或守在她的病榻前。师母有点不耐烦地说，我不能再耽搁了，牙实在疼得厉害。她推开姜夏放在车龙头上的手，连蹬了两下脚镫，顺着小路飞驰而去。

大概那是下午四时左右，望着她远去的背影，姜夏面无血色。大楼前面飘来了少许焚烧树叶的焦味，他捏着鼻子，感到无力抑制内心的痛楚。他赌气地把钞票向空中一抛，然后一屁股坐在满是松软针叶的草地上。太阳落山前，他顺应身体的古怪要求，跑到林后阴沟的土垄上，使劲闻着阴沟的腐臭气味，似乎想把注意力从内心的痛楚，转移到脚下刺鼻的气味上来。

59

十月似乎是姜夏对痛苦着迷的季节，每次他和师母告别，样子都乐悠悠的，好像他对幸福已经敬而远之了，开始为痛苦感到自豪似的。他比上个月成熟多了，只到师母家里去了一次，避免师母因为冷淡，急于把他打发走。本来他想做的事很多，凭幻想，他似乎安排好了他们的未来。无论到哪里落户，他家都会高朋满座，摆满鲜花和美食。当然说到饭菜，师母——那时就是他女友或妻子了——可是烹饪高手，她煲的汤类，做的川菜，姜夏一直爱吃。她还掌握了用微波炉做中式饭菜和面点的窍门。当然他们不会有孩子，风月老手的命运大都如此。姜夏不信教授过去是为了学术成就而故意舍弃了生孩子，一定另有原因！她的心头也许有过生孩子的熹微的曙光，后来肯定泣不成声，为不争气的子宫怨天尤人过。他，姜夏，为了尽量让师母愉快些，当然愿意接受无子的现实，割舍膝下有子的那些欢愉。

十月的月夜，空气清新，多像一个伟大的时刻。姜夏从乱糟糟的宿舍出来，感到有愧于这美景良辰。他的情绪沮丧郁闷，又无事可做，想象中的美事似乎离他越来越远了。再过几天，他要去照相馆取证件照，他参加了在职硕士培训计划，他想用硕士学位改变身份和形象。以前他是齐教授的学生，没人敢怠慢他，不论他说什么，别人都当作是齐教授的话，听得津津有味。他们唯恐姜夏不了解自己也有相称的智力，边说还边把额头上的头发捋得高高的，露出不比姜夏低多少的额头。齐教授去世后，那位新主任开始用鼻子瞅他了。也许新主任相当嫉恨姜夏，即便他用和蔼的口气跟姜夏说话，宣告的也尽是坏消息。看来姜夏要在教研室混下去，态度必须暧昧，样子要讨人喜欢。谈起智力，今后别人大概只认"姜夏硕士"或"姜夏博士"，不会把"姜夏学士"当回事了。没了教授的庇护，教研室的老字辈难免个个都像姜夏的后娘。

那么他和小杨之间呢？是欢乐中的绝望，还是绝望中的欢乐？反正他尝到了被人要挟结婚的滋味。为了不让小杨自杀，这个婚看来他非结不可。小杨已在准备紧身的锦缎红旗袍了，据说她还用自己攒的钱买了家用电器和床上用品。当然为拍结婚照，她还准备屈尊地多拿出几千元。她有不少事情做得挺过火，比如，她规定姜夏每周必须去她家吃顿饭。去前他应该把下巴颏刮得干干净净，衣服穿得整整齐齐，皮鞋一尘不染——多半是她亲手擦的。她则像爱妻吊着他的膀子，两人踏着婚礼进行曲一般的步子，从容地走向她家，带点炫耀地从那些爱说闲话的街坊邻居大妈面前款款走过。她的床头贴了一张他的照片，又拣自己最漂亮的一张，贴在旁边。照片里他表情坦诚，毫无罪恶感，一副让岳父岳母放心的模范青年的样子。当然,他的双唇厚了些,大概那正是问题所在。厚嘴唇虽然性感,但可能代表着要求性革命的强烈愿望。相比之下,他的眼睛从容多了,尽量不露出惊扰她的可怕想法。为了满足两位女人的不同需要,他到底该怎么办?师母会带着她娇嗲的脆弱习气,和他匆匆跳上火车,去别的城市?以前他不觉得为了师母辞掉工作,是多么严重的事情。现在,十月冷飕飕的夜风,让他的头脑清醒了,他清醒得生起师母的气来。

如果他早点监视师母,就能及时发现问题所在。当然说到他的道德表现,他自认还是有口皆碑的。就算他和师母、小杨乱来时,仍有坚定不移的道德准则:女人不该同时拥有两位男人,但男人可以例外。他觉得这个道理就像受冻的苍蝇为了取暖,朝他飞过来一样自然。他感情上排斥小杨,依恋师母,说明他对女人是忠诚的。但师母处处挑剔他,把他神采奕奕的表情,弄得严肃、阴沉、压抑。师母用炭笔描的柳眉,越发动人,也越发冷漠。走起路来,她身上荡动的曲线,阵阵体香,让他对和师母结婚这种事老想入非非。师母找尽了借口,实在无法推诿,才勉强同意和他见上一面。也许她过分成熟,懂得啥时该给他一点甜头,免得他不能很好地保守秘密。

60

他不敢站在月夜的路口。有一块绿地属于校暖房,已经种上了树冠很高的棕榈树,透过这片遮挡不严的林子,他巴望发现师母门口有什么情况。他在周围游来荡去,心里奇怪师母为什么从不出来散步。他煞费苦心,想发现师母的不忠行为,尽管那是他不愿看到的。也许老天爷大发慈悲,让他看见了他最不愿看到的一幕。暗淡的路灯光线中,一位穿着灰薄呢上装的人——那不是教研室的新主任吗?——孩子一样斜踏过草坪,窜到师母家的后门。姜夏隐约感到那扇后门虚掩着(以前师母不是也这样给他留门的吗?),几乎没有丝毫耽搁,新主任闪身进了屋里。夜风冰冷地穿过林子,吹打在他的脸上,丝毫没有缓解他浑身的燥热和担心。他一屁股坐在石凳上,目不转睛地盯着那扇门,他要弄清新主任到底啥时出来。他希望自己弄错了,如果没有记错,师母和新主任应该是死对头才对。新主任早就有了家小,他根本不可能公开地给予她庇护,如果躲躲闪闪的,哪又谈得上什么丰富多彩的生活，和给予她什么名分呢？当然这些只是姜夏一厢情愿的想法，也许他们对左一个秘密右一个秘密，不像姜夏那样感到难受。也许他们正在屋里肆无忌惮地享受着一切，算在压抑枯燥的生活中找到了片刻出路。他向窗口走近了一些，但无济于事，每扇窗户都被厚实的窗帘蒙得严严实实。有一支忧伤的曲子，从别的窗户舒缓地飞出来，像在应和他此刻的心境。他的心跳得极快，这时他真需要一瓶烈酒，扁瓶装的那种二锅头最为合适，他可以这里一口那里一口，然后在昏沉和恍惚中，等着那狗日的新主任出来。那个时刻，他尝到了各种情绪混杂的滋味。他迫不及待想冲进去和师母谈一谈，谈他怎样整天疯疯癫癫的，不在她身边日子过得多么糟糕，别管这个想法有多愚蠢，事实就是这样的。

风势又强了一些，他不敢有丝毫大意，耳朵仔细辨听着楼那边的动静。他仿佛看见新主任伸出满是烟垢的舌头在舔她，这个想象弄得他受不了。他压住恼怒，终于看见后门闪出了一道亮光。起先他不能确定那人是不是新主任，那人再次斜踏过布满露水的草坪，差点一跤滑倒。午夜时分，那人不该担心周围会有骚扰的家犬，他东张西望的样子，有点不打自招。姜夏没有喝想象中的那瓶二锅头，当然辨得清树影和人影。这次他看得真真切切，新主任像用水淋过头似的，头发一绺一绺的，隐约发亮。他迅捷地跨到疙疙瘩瘩的石路上，疾步向学院大道走去。姜夏握紧双拳，盯着新主任的背影直发愣，不知道自己该以什么身份出现。原以为新主任的那点事他了若指掌，没想到新主任居然这么神秘莫测。姜夏几乎要揉着太阳穴才能保持清醒，看来师母真没个道德样了！他心里掂着师母的这档事，全无心思对付新主任了。他怪自己以前太马虎，撒腿向那扇后门奔去。他控制着力道，轻轻敲门。门咔嗒一声开了一道缝，师母大概寻思新主任有事折回来了，她还没看清黑乎乎的楼道，姜夏就一阵风似地闯了进去。

61

屋里暖迷迷的，床上乱七八糟，挂壁空调嗡嗡吹着柔和的暖风。她穿着一件薄纱睡衣，能看见里面没戴乳罩。见了姜夏，她大吃一惊，像不认识似的愣住了。有好几分钟，他俩都没有说话。师母没有对他擅自闯门表达不满，以前遇到这种事，她会把嘴一撇说出刺人的话来。这会她有些息事宁人，抓起椅子上的罩衣，匆忙穿了起来。姜夏低头生着气，又发现她赤裸着双脚。这种穿戴他非常熟悉。每次做完爱，她就这么光溜溜地套上长摆睡衣，吸一支烟，去卫生间冲个热水澡。他的质问也许粗鄙平庸，但他实在不愿一声不吭。她无精打采的样子依然魅力十足，除了她做的事情，姜夏看来看去，还是觉得她哪里都顺眼，即使闭上眼睛，对她身上胎记或黑痣的位置，他仍了然于心。卫生间里，电热水器一直吭吭响着，闪着红灯，一切迹象都表明她和新主任刚快活过。刚才她一定背弃了姜夏，背弃了齐教授，怀着欢欣忘了新主任抄她家时的那种卑鄙。他实在咽不下这口气，上前用双手钳着她的双腕，脸上显出正气十足的神态。她背上刚刚凉下来的汗迹，又被汗水覆盖了，她拼命暗中较着劲，让四只手停在两人中间。他问，主任到这里来干什么？师母忍着腕部的疼痛，一字一顿地答道，他不过来问问老齐生前的事。

"你就穿着这身睡衣和他坐在客厅里？"

"那有什么办法，我本来都要睡觉了。"

撒谎，撒谎！姜夏想。

"他怎么知道后门是开的呢？"

姜夏快要控制不住从容的话音了,师母乘他注意力不在手上,一把将右手抽回,眼睛一瞪,说,"我倒想问问你呢,自从你来过以后,怎么连居委会的人也知道敲这扇门了?"她反过来用目光逼视着他,细小的鼻尖代替了从前喜欢指指戳戳的手指。 拉扯中她的领子开了,几乎半裸着,但她恢复了盛气凌人的样子。

他突然意识到这场谈话已经毫无意义,他浑身痉挛地战栗不止,顾不了举动是否愚蠢,上前一把将她掀翻在床上。她身上那股令人浮想联翩的香气,没能阻止他。 他粗鲁地抓住衣摆,硬把睡衣拽了下来。 羞辱和愤怒使他的脸红扑扑的,显得生气勃勃。 这是她第一次尝到他发怒的滋味,她吓得活像一具脸色惨白的尸体,身子发僵地听他低声咆哮。 她怕再刺激他,决定什么也不抗拒了,任他摆布好了。 她胀鼓鼓的大腿有点凉,皮肤像贴了玻璃纸似的发亮。 他像探案的法医,精心检查尸体似的,一双鹰眼不放过大腿内侧的任何蛛丝马迹。

"你还想说没有这回事吗?"他悻悻地质问道。

师母的骨架很大,她活像一堵白墙立起来,承认的确隐瞒了什么。 干脆,她说出了一切,不过她不认为是欺骗,他俩本来就无法长久。她说这话时，脸色又恢复了红润，样子还是讨人喜欢，仿佛当小丑的只能是他。他太阳穴上的青筋鼓了起来，他的抽搐声加入了窗外风吹树叶的哗哗声中。他捂着脑袋，瘫坐在椅子上，眼泪哗哗地流出指缝。他的哭泣也许在她冰冷的心上添了一丝暖意，她眼皮一红，跟着流起泪来。她低头看他，就像看一位无依无靠的孩子，丝白的大腿紧挨着他的手臂。后来，她用枕巾小心擦他的泪，把他哄上床。她像露水蒸腾的夜里落在草地上的两片花瓣，已经湿润了。他们此时做爱显得有些不同往常，他对待她就像对待一只瓷瓶，生怕会把她碰碎了。面对这只又大又好看的白瓷瓶，他显得笨手笨脚，感到无从下手。不像过去，他能给她各种粗野，让她无法自制地叫出声来。今天，他的毛孔里充满了惊人的柔情蜜意。他把脸贴在她暖烘烘的胸脯上，轻轻地吮吸，仿佛要吸干残留在她毛孔里的不多的情意。他把她从前面、侧面、后面抱得更紧，他要感受她身上各处迷人的弧线。想到她刚被那位胖乎乎的有肝病的新主任睡过，她就变成了刺得他眼睛流泪的一座雪山。床单上散落着他俩的毛发，加上新主任的，和她丰腴的肉体上黏着的，令人感到这是一个乱杂的性爱工地。他留意到，她的臀部有被主任掐出的红红的指印，他的心又往下一沉。

这位梨形身材的女人静静躺着，鼻息很轻，就像忘了呼吸一样。也许她嘴唇过薄，不大会因为内疚从此缄默。当然，她尽可能地做着改变，好把他浑身的怒劲吸收干净，让他彻底安静下来。他倒在她怀里感慨万千，他的运道真差啊，打他们黏上以后，他就像白痴在浪费时间。他站起来，提上压得皱巴巴的裤子，穿上包头的翻毛皮鞋，叫她别动，说一会儿就回来。

出了卧室，他就像有一杯烈酒下了肚，心里开始烧起一团火。酒瓶，拖把，电器，衣架，厚书，杯子，花瓶……这些似乎都不合适。他继续到客厅、书房、阳台各处查看，甚至把塑料垃圾筒也翻了个遍，还是没有他要的东西。后来，他无奈地把书房电脑的接线板拔下来，用剪刀剪了一截电线。他回到卧室时，师母四肢好看地蜷曲着，快要睡着了，匀称丰腴的身躯有一半裹在被子里。空气中依然散发着她身上的撩人香气。

"你干吗去了？肚子不好吗？"

"嗯，有点。"

他俯身吻了吻她的脸、脖子，看上去他们已经和解了。

她说他如果愿意，今晚可以留下来。他的眼前是一幅天堂似的景象，她的丰臀几乎从腰际开始，有一条好看圆满的大弧线，那景象堪比安格尔画的《大宫女》。那双摆在被面上的手极富魅力，修长又灵巧。仅凭她优雅的手指，姜夏也能把她从人群中认出来。

"我帮你把乳罩戴上吧，别把乳房坠垮了。"他心疼地说道，声音有点发颤。她配合地坐起来，把乳罩背带套上双肩，转身背对着他。她嘱咐他乳罩的搭扣应该扣在第几格。当然她不知道他在背后掉了泪，然后把电线在她丝白又好看的脖子后面慢慢展开。

2002年春天定稿
2022年12月重新修订